KB168273

조정래 대하소설

아리랑

청소년판

조정래 대하소설

아리랑

청소년판

11

[제4부 동트는 광야]

조호상 엮음 | 백남원 그림

해냄

미래의 나침반이며 등불

흔히 학생들이 싫어하는 공부에 꼽히는 것이 수학 다음에 역사다. '연대 외우느라고 머리에 쥐가 난다'는 게 그 이유다. 주입식 암기 교육이 저지른 병폐다. 그건 잘못된 일본식 교육의 잔재인 것이다.

역사교육은 '연대 외우기'가 아니라 '그 흐름의 이해'여야 한다. 이야기로서의 역사 흐름을 이해하게 되면 연대는 부차적으로 기억하게 된다. 그런데 시험문제를 연대 암기식으로 내니 학생들이 역사 공부에 진저리를 칠 수밖에 없다.

또한 역사에 대한 일반적 인식도 문제다. 흔히 역사란 '과거'라고 생각한다. 그것은 '시간'만을 한정해서 생각한 아주 잘못된 인식이다. 시간의 흐름이란 한 줄기로 계속 이어져 흐르는 물의 흐름과 같고, 우리 인간들의 생명의 흐름도 그와 다를 게 없다. 따라서 나는 아버지로부터 왔고, 아버지는 할아버지로부터 왔다는 이 쉽고 평범한 사실을 명심하는 것, 그것이 역사 인식의 기본이다. 그러므로 어제는 오늘의 아버지이고, 내일은 오늘의 아들인 것이다. 이 필연적 연속성에 의해 역사는 '지나가 버린 과거'가 아니고 '살아 있는 현재'이며 '다가올 미래'인 것이다. 그래서 역사는 오늘의 좌표를 설정하는 교훈이고, 문제 해결의 방법을 알려 주는 열쇠가 된다. 또한 역사는 미래를 가리키는 나침반인 동시에 미래를 밝혀 주는 등불인 것이다.

우리 한반도는 강대국들 사이에 끼어 있는 작은 땅이다. 우리가 하필 이 작은 땅에 태어나, 살다가, 여기에 뼈를 묻어야 하는 건 우리의 힘으로는 어찌할 도리가 없는 우리의 운명이고 숙명이다. 이 작은 땅, 약한 나라라서 5천여 년 동안에 크고 작은 외침을 931번이나 당했고, 끝내는 일본에게 나라를 빼앗기는 굴욕을 당하고 말았다.

'과거를 기억하지 못하는 사람은 그 과거를 되풀이한다.' 철학자 조지 산타야나의 말이다. '역사를 망각하는 민족에게는 미래가 없다.' 독립투사 단재 신채호 선생의 말이다. 치욕스러운 역사일수록 똑똑하게 기억해야만 하는 이유가 거기에 있다. 그래서 나는 일제 강점기의 굴욕과 핍박과 저항을 『아리랑』에 썼다.

그런데 그 이야기가 너무 길어 공부도 벅찬 학생들에게 꽤나 부담이 될 것 같았다. 그래서 좀 가볍고 쉽게 읽을 수 있도록 '청소년판'을 새로 엮게 되었다. 아무쪼록 우리 민족의 역사를 이해하는 데 청소년 여러분들의 친근한 벗이 되기를 바란다.

광복 70년, 분단 70년에

조정래

차례

제4부 동트는 광야

18

위장 전향

"음마, 소쿠리를 그리 대면 쓰간디? 옆으로 더 틀어."

"얼라, 토하 한두 번 뜨간디? 손이 저리 헛돌고 그런댜."

예닐곱 명의 여자들이 논 가의 물길에서 민물 새우를 뜨고 있었다. 8월 중순이 넘어서면서 논물이 밭는다는 것을 어찌 그리 용하게 아는지 민물 새우들은 7월이면 좁쌀 알갱이보다 작은 알들을 수없이 매달아 배불뚝이가 되었다. 여자들은 새우 떼를 한쪽으로 몰아가며 소쿠리로 재빨리 떠내고 있었다.

또 다른 예닐곱 명의 여자들은 함지박 가에 둘러앉아 새우를 한 마리씩 집고는 알을 뜯어 단지에 담았다. 한참 알을 뜯어 담은 다음에는 소금을 한 줌 집어 단지 안에 고루 뿌렸다.

"썩을 놈의 것, 어느 세월에 이 단지로 하나가 차겄냐?"

한 여자가 침을 내뱉었다.

"어쩨 지주라고 생겨 먹은 잡것들은 토하알젓에 환장을 허능가 몰라."

"저 사람 자다가 봉창 뚜들기네 시방. 맛나기로 젓갈 중에 제일이요 몸에 좋기로 동삼이 아이고 할배 헌다는디 눈에 불 안 쓰게 생겼어."

"문딩이 잡것들, 소작으로 피 빠는 것도 모자라서 요런 일까지 부려 먹고."

"하이고, 작인 팔자 꼬부랑 팔자, 서럽고 더러우면 니도 지주 되라고 안 혀."

"그려, 정가 놈도 만석꾼 되고 보니 왜놈들까지 비위 맞추고 드는 판 아니여."

"그리 독허게 만석꾼 되면 뭐헐 것이여. 그리 죄짓고 지가 명대로 살 것 같어?"

"시답잖은 소리 마소. 욕 많이 먹는 놈이 오래 산단 말도 모르는가? 정가 그놈은 백 년도 더 살 것잉마."

"아이고, 정가 놈은 사람 종자가 아니여. 자식들헌테까지 야박허게 혀서 큰자식을 그리 망친 것 아니여. 지 눈깔 지가 찌른 것이제."

여자들에게 욕을 푸짐하게 얻어먹고 있는 사람은 정상규였다.

마침내 정상규는 작년에 만석꾼의 꿈을 이루었다. 그야말로 귀신도 그의 땅을 밟지 않고는 오갈 수가 없도록 큰 부자가 된 것이었다.

"어이 주모! 술상 안 내올 참이여!"

스물서너 살 나 보이는 청년이 마루에 다리를 내뻗고 앉아 소리 질렀다.

"아이고, 몇 번씩이나 말해야 알아먹겠소. 우리는 땅 파서 장사 허냔 말이오."

주모가 부엌 앞에서 남새를 다듬으며 쳐다보지도 않고 맞소리를 질렀다.

"아, 자네 눈에는 만석꾼 농토가 뵈지도 안 혀?"

청년은 애꿎은 기둥을 걷어차며 또 소리쳤다.

"구슬이 서 말이라도 꿰어야 보배 아니겠소."

주모의 거침없는 야유였다.

"그럼 술 더 못 주겠다 그것이여?"

"아이고, 그동안 밀린 술값이나 끄고 말허씨요."

주모는 냉정하게 내쳤다.

"아니, 참말로 이럴 것이여! 요놈의 집구석을 팍 그냥!"

정방현은 벌떡 일어나 마루 끝에 놓인 빈 국밥 그릇을 치켜들었다. 곧 패대기칠 기세였다.

"아이고메, 알겠소. 기다리씨요, 기다려."

사십객의 주모가 손을 저으며 일어섰다. 정방현의 앞뒤 안 가리는 성질에 그릇 하나 깨는 것으로 끝날 리 없었다.

"돈 아깝다고 대학 안 보내서 멀쩡헌 자식 망친 만석꾼은 세상에 그놈 하나뿐일 것이다."

주모가 술상을 차리며 구시렁거렸다.

정상규는 큰아들이 고보를 나오자 더는 학교를 보내지 않았다. 큰아들은 일본으로 유학을 가고 싶어 했지만 정상규는 요지부동이었다.

그때부터 큰아들 정방현은 술타령을 하면서 거칠게 변해 갔다.

몇 년이 지나 정상규는 또 똑같은 문제에 맞닥뜨렸다. 작은아들도 고보를 졸업하게 된 것이다.

작은아들 의현이는 형 같은 꼴을 당하지 않으려고 미리 아버지를 공략했다.

"아부지 지는 일본으로는 안 갈랑마요. 경성에 있는 대학으로 가고, 공산주의 겉은 것은 절대로 안 허겄구만이라."

작은아들이 이렇게 나오자 정상규는 못내 당황했다.

"느그 성이 대학을 안 갔는디 니가 대학을 가면 어찌 되겄냐?"

정상규는 머리를 짜내 이런 식으로 대응했다.

"아이고, 아들 또 하나 버려 놓을라고 이러요. 제발 의현이는 대학에 보냅시다."

그의 아내는 애걸복걸하며 매달렸다.

"어허, 졸업이 아직 멀었는디 어째 이리 미리부터 설레발치고
북새통이여."

말이 궁해진 정상규는 이렇게 공박하며 피해 섰다.

매앰 매앰 맴 쓰르르……

매미들의 울음소리로 땡볕이 내리쬐는 한낮 더위는 더욱 무더
워지고 있었다.

삼베옷을 추레하게 걸친 남자가 쭈뼛쭈뼛 정상규의 집으로 들
어섰다. 정재규였다.

"아니, 무슨 바람이 불었다요?"

대청에서 부채질을 하고 있던 정상규가 대뜸 내쏘았다.

"이, 그저 그냥 걸음 혔구만……"

정재규는 동생 눈치를 살피며 대청 끝에 엉덩이를 걸쳤다. 얼굴
이 파리한 게 어딘가 아픈 것 같았다.

"이 더운 날 유람이라, 속 편해 좋소."

정상규는 앉으라는 말도 하지 않고 형을 비꼬았다.

"그려, 집안은 다 무고허고?"

정재규는 바늘 돋친 동생의 말을 한쪽 귀로 흘리며 인사를 차
렸다.

"모르겄소, 군청에 볼일이 있어 시방 나갈라든 참이오."

정상규는 거짓말을 하며 일어나려 했다.

"아이고 동생, 내 말 좀 들 어보드라고. 길게 말 안 헐 것잉게."

정재규는 동생을 붙들기라도 하려는 듯 다급하게 두 팔을 벌렸다.

"아, 날도 더운디 한마디로 딱 잘라서 말허씨요."

정상규는 짜증을 내며 신경질적으로 부채질을 해 댔다.

"다른 것이 아니고, 논을 많이도 말고 열 마지기만……."

"아니, 뭣이여!"

정상규는 버럭 소리치며 부채로 마룻장을 쳤다.

"아니, 논을 그냥 달란 것이 아니여. 논이야 자네 이름으로 두고 한 열 마지기만 내가 작인을 붙여 먹게 해 달라 그것이구마."

"둘러치나 메치나 그 열 마지기 소출은 남의 것이 되는디, 무슨 넋 나간 소리여!"

정상규는 가래를 돋워 내뱉으며 짚신을 끌고 마당으로 내려섰다.

동생 집에서 빈손으로 물러난 정재규는 땡볕 속을 터덕터덕 걸었다.

'왜 노름에 손을 댔던고.'

정재규는 돌로 발등을 찍고 싶었다. 그러나 다 부질없는 후회였

다. 지금 당장 야속한 것은 아내와 아들이었다. 아무리 재산을 거 둬 냈다지만 그렇게 야박하게 할 수는 없었다. 그래도 고마운 것 이 아들놈 학비를 대 준 막냇동생 도규였다. 그 덕을 볼 줄 모르 고 도규에게 논을 가장 적게 준 게 참 미안하고 면목 없었다.

'그나저나 이런 꼴로 언제까지 살아야 하나. 아니, 왜 이리 어지 러우냐……, 내가 왜 이러냐……'

정재규는 들판이 빙글빙글 도는 어지러움 속에 숨을 헉헉거리 며 논길에 쓰러졌다. 한 손으로 가슴을 누르고 또 한 손으로는 풀포기를 움켜잡은 채 숨이 넘어가고 있었다.

한편, 정도규는 덕유산 화전민 움막에 동지들과 함께 있었다.

정도규까지 네 명의 얼굴은 모두 침통했다. 정도규가 40대 중반 으로 가장 나이가 많았고, 나머지 세 사람은 엇비슷하게 서른 두 셋쯤으로 보였다.

"전향자들이 전조선사상보국연맹을 결성한 것은 그리 우려할 만한 일은 아닐 것이오. 총독부가 노리는 것은 전시효과지 정작 그 사람들이 할 일은 별로 없지 않겠소."

정도규가 세 사람을 둘러보았다.

"그렇긴 합니다만, 여기저기 돌아다니면서 강연은 하지 않겠습 니까? 자기들의 전향을 변명하면서 사회주의를 부정하고 내선일 체를 찬양하는 식으로 말입니다. 그럼 사회주의 의식을 지닌 학생들이나 대중들은 혼란에 빠지고, 그들을 본받고……, 악영향이 의외로 클 수도 있지 않겠습니까?"

선이 굵은 얼굴에 안경을 낀 사람의 말이었다. 그는 이현상이었다.

"이 동지의 말도 일리가 있소. 그러나 그들이 전향자이기 때문에 오히려 역효과가 날 수도 있소. 모반자·간신·변절자·배신자를 싫어하고 멸시하는 것이 우리 민족의 오랜 정서이기 때문이오."

정도규가 담배를 빼 들었다.

"헌데, 이렇게 악법이 쏟아져 나오면 사태가 더욱 심각해지지 않겠습니까? 전국에 조직되는 근로보국대 같은 것은 특히 우리 운동의 장애물입니다. 무슨 대책을 세워야 하지 않겠습니까?"

콧날이 날카로운 조직원의 말이었다.

"오늘 우리가 모인 까닭이 그것이기도 하니까 의견들을 말해 보시오."

정도규가 담배에 불을 붙였다.

"지금 유승현 동지의 위장 전향은 어떻습니까?"

이현상이 정도규를 바라보았다.

"비밀이 잘 지켜지고 있고 효과도 크오. 본인은 손가락질당하고, 관에서 감투를 씌우고 해서 여러모로 괴로워하지만 말이오."

정도규의 얼굴에 웃음이 어렸다. 유승현의 괴로운 승리가 통쾌

하지 않을 수 없었다.

"그럼 위장 전향을 적극 추진하면 어떻겠습니까? 지금 상황에서 적 속에 들어가 적들의 파괴 공작을 막고 대중들이 사회주의 의식을 지켜 나가게 하는 가장 효과적인 전략은 위장 전향밖에 없습니다. 감옥에 있는 많은 동지들이 전향을 거부하며 투쟁하는 것은 위대한 일이지만 엄밀히 따지면 그건 운동의 수면 상태입니다. 또한 지금 우리가 벌이고 있는 지하투쟁도 힘겹고 고생이 많습니다만 따지고 보면 겉도는 것입니다. 오죽하면 '국내 망명'이라는 말까지 나왔겠습니까?"

이현상의 침착한 말이었다.

"예, 저도 그 의견에 찬성합니다."

여지껏 말이 없던 눈썹 짙은 조직원이 말했다.

"그게 적 속으로 들어가는 유일한 방법이기는 하오. 허나 전향자로 행동하다 보면 자기도 모르게 변질되어 정말 전향자가 되어버릴 위험이 있고, 위장 전향이 드러나서 더 심하게 당할 수도 있소."

정도규의 지적이었다.

"예, 잘 알고 있습니다. 그러니까 의식이 투철한 동지라면 그 두 가지 문제점을 동시에 해결할 수 있지 않겠습니까?"

이현상이 내놓은 대안이었다.

"그야 더 말할 것이 없소."

정도규가 고개를 끄덕였다.

"그럼 정 선생님을 적임자로 제안합니다."

이현상이 대뜸 한 말이었다.

정도규는 물론이고 다른 두 명도 어리둥절해졌다.

"다들 놀라실 줄 알았습니다. 그 이유를 설명드리겠습니다. 먼저 정 선생님 의식이 투철하신 거야 조선 공산주의자 제1세대로서 저희 세대를 학습시키고 이끌어 오셨으니 더 말할 필요조차 없습니다. 그리고 거친 지하투쟁을 하시기에는 연세가 너무 많으십니다. 우리 운동의 장래를 위해서라도 이제 건강을 지키셔야 합니다. 끝으로 조직의 자금 사정이 갈수록 나빠지고 있습니다. 정 선생님의 재력을 토대로 사업을 해서 그 문제를 해결해 주셨으면 하는 바람도 있습니다."

"그거 좋은 의견입니다."

"예, 저도 찬성입니다."

두 조직원이 거의 동시에 말했다.

정도규는 팔짱을 낀 채 묵묵히 앉아 있었다.

'아⋯⋯, 내 나이가 벌써 마흔다섯인가? 그렇지, 태현이가 대학생 아닌가? 사회주의를 접하고 20여 년⋯⋯, 그동안 해 놓은 일이 무엇인가? 왜놈들 등쌀에도 한 일은 적잖았지. 조선 사람들에게 사회주의를 인식시킨 것, 15년에 걸쳐 소작쟁의·노동쟁의·동맹휴학을 주도해 가며 현실문제를 해결하고 독립 의식을 무장시킨 것, 헛보낸 세월은 아니었다. 꿋꿋하게 살려고 애썼고, 앞으로도 그래야지……'

정도규는 팔짱을 풀며 긴 침묵을 깼다.

"조직의 원칙대로 동지들의 결정을 따르겠소."

19

쌀밥

만년설을 머리에 인 천산산맥은 언제나 신비스럽고 장엄했다. 천산산맥은 몸피가 거대하면서 길이도 끝없이 길었다.

아들의 무덤 위에 들꽃을 한 아름 놓은 윤선숙은 멀리 있는 천산산맥을 하염없이 바라보고 있었다.

'여보, 경환이를 지키려 했지만 어쩔 수 없었어요. 절 나무라지 마세요. 당신, 어머님, 경환이까지 잃고 나서는 정말 더 살고 싶지 않았어요. 주환이와 명혜를 데리고 함께 죽고 싶었어요. 허나 아이들이 무슨 죄가 있어요. 여기 온 지 벌써 1년이 지났어요. 그동안 주환이와 명혜를 잘 키우려고 몸 부서져라 열심히 살았어요. 저에겐 아이들이 유일한 보람이고 희망이에요. 이 살벌한 땅

에서 다른 무슨 희망이 있겠어요. 독립이니 해방이니…… 여기
서는 그런 생각이 부질없다는 걸 다 알아요. 우린 비참하게 버려
진 채 짓밟히고 있어요. 그러나 어쩌겠어요, 우릴 구해 줄 사람
은 아무도 없는데. 여보, 오늘이 경환이가 당신 곁으로 떠난 날

이에요. 부디 경환이를 잘 보살펴 주세요. 외롭지 않게…… 심심
하지 않게……'

윤선숙은 눈물을 닦고 무덤으로 눈길을 돌렸다.

경환이는 타슈켄트에 도착해서 열흘을 넘기지 못하고 죽었다.

이틀 동안 걷잡을 수 없이 토하고 설사를 하다가 사흘째 저세상으로 가고 말았다. 허약한 아이들과 노인들도 똑같은 증세로 줄줄이 죽어 나갔다. 물이 바뀌면서 생긴 풍토병이었다.

그러나 슬퍼할 겨를도 없었다. 당장 추위를 막을 움막을 지어야 했다. 사람들 앞에 놓인 것은 갈대숲이 우거진 황무지뿐이었다.

"세상에 이런 법은 없소."

"우리 조선 사람들이 잘못한 게 뭐가 있소."

그들은 분노했고 관에 따지기로 했다. 러시아말을 잘하는 사람들을 대표로 뽑았다.

그러나 그 대표들은 기차에서처럼 또 어디론가 사라지고 말았다. 사람들은 그때서야 확연히 알았다. 조선 사람들이 철저하게 버림받고 있다는 것을.

그런데 집단농장이 편성되면서 끔찍한 명령이 떨어졌다.

'고려인들은 앞으로 10년 동안 절대 이 지역을 벗어나서는 안 된다.'

이 금족령 앞에서 조선 사람들은 오히려 무덤덤했다. 설사병과 추위를 견디지 못해 사람들이 죽어 가고 있는 위급함에 비하면 그 금족령은 먼 메아리일 뿐이었다.

여자 남자 없이 나서서 땅을 파고 갈대를 벴다. 움막을 지을 재료는 갈대뿐이었다.

"아무리 움막이라도 갈대만 가지고 어떻게 집이 되나요?"

윤선숙은 울상이 되어 김두만에게 물었다.

"걱정 마세요, 선생님. 하늘이 무너져도 솟아날 구멍은 있습니다. 제 집 옆에 선생님 집을 지어 드릴 테니 보고만 계십시오."

김두만은 느긋하고 넉넉하게 웃었다.

윤선숙은 억척스럽게 땅을 파고 갈대를 벴다. 난생처음 해 보는 일이지만 힘든 줄 몰랐다. 두 아이를 하루라도 빨리 추위에서 막아 내야 했다.

갈대 베기는 너무 어려웠다. 낫질이 서툰 데다 갈대 굵기가 손가락 다섯 개를 합한 것 만했고, 키는 2미터에서 3미터에 이르렀다. 그건 갈대가 아니라 흡사 나무였다. 그래서 사람들은 벌써 며칠 사이에 갈대를 '참대'라는 새 이름으로 불렀다.

갈대를 베어 모은 사람들은 움막을 짓기 시작했다. 움막은 땅을 사람 키 깊이로 파내고 그 위에 갈대로 지붕을 덮는 것이었다. 들보와 서까래는 물론 방구들을 놓는 데도 갈대를 썼다. 흙이 드러난 벽도 갈대로 가려 갈대 벽을 만들었다. 문도 갈대로 엮어 달았다. 온통 갈대로만 지은 움막이었다. 사람들은 그것을 '깔둥막'이라고 불렀다. '갈대 움막'이라는 함경도말이었다.

갈대의 쓰임새는 또 있었다. 작은 갈대들은 땔감으로 불땀이 너무 좋았다. 갈대 움막에서는 연기마저도 갈대 연기가 피어오르기 시작했다.

"와아, 집이다아!"

"야아, 따뜻하다아!"

방바닥을 말리느라 불을 땐 첫날 밤 주환이와 명혜는 좋아서 어쩔 줄 몰랐다.

움막 짓기를 끝내자 새로운 명령이 떨어졌다. 집단농장별로 지정된 황무지를 개간하라는 것이었다. 겨울 동안 개간해서 봄부터 농사를 지어야 한다고 했다. 그런 명령이 없더라도 조선 사람들은 살기 위해 황무지를 개간하지 않을 수 없었다.

윤선숙도 개간에 나섰다.

"선생님은 아이들을 가르치셔야지 이게 말이 됩니까?"

조장을 맡은 김두만이 펄쩍 뛰었다.

"지금은 학교가 없는걸요."

"학교부터 지어야지요. 자식들 공부를 작파할 수야 있습니까? 우리끼리 의논하고 있으니까 선생님은 그때까지 쉬세요."

"아닙니다. 갈대 뿌리 하나라도 뽑아야지 저 혼자 놀면 다른 여자 분들한테도 면목 없고 말이 안 됩니다."

18세 이상의 여자들은 모두 일을 하게 되어 있었다.

"그러시지 말고 아이들을 모아 놓고 옛날얘기도 해 주시고, 창가도 가르쳐 주시고, 놀이도 시키시고 그러시지요. 그것도 다 공부 아닙니까? 모두 그걸 더 원할 겁니다."

김두만은 조선 사람답게 그 경황 중에도 자식 교육을 중시했다. 연해주에서도 조선 사람들은 두 가지로 유명했다. 첫째는 조선 사람들은 바위 위에 올려놔도 살아난다는 것이었고, 둘째는 조선 사람들은 굶으면서도 자식들을 가르친다는 것이었다.

윤선숙은 김두만의 의견을 따르기로 했다.

조선 사람들은 배급받은 잡곡으로 근근이 배를 채우며 날마다 중노동에 시달렸다. 하루도 쉬지 않는 노동이 계속되는 가운데 사람들이 끊임없이 죽어 갔다. 거의가 노인이나 아이들이었다. 먹는 게 부실한 데다 치료도 받을 수 없으니 병에 걸렸다 하면 십중팔구 저승객이 될 수밖에 없었다.

남자들은 노동을 하는 틈틈이 신원 조사를 받아야 했다. 주로 학력과 경력에 대한 조사였다. 남자들은 그 조사를 받으며 하나같이 불안해하고 께름칙해했다.

"자네보곤 뭘 묻던가?"

"뭐 별거 아니야. 이쪽으로 이주시킨 걸 어떻게 생각하느냐는 거야."

"뭐라구? 그게 답하기 얼마나 곤란한데. 그래 뭐라고 했나?"

"곤란하긴 뭐가 곤란해. 평소에 생각하던 대로 말도 안 된다고 했지."

"에이 거짓말. 그 반대로 했구만그래."

"잘 알면서 뭘 묻나? 다 목이 하나씩밖에 없는 신세에."

사람들은 자신들이 의심받고 감시당하고 있다는 사실을 알아차렸다.

김두만네 집단농장 사람들은 일요일에는 학교를 지을 흙벽돌을 만들었다. 봄이 되면 아이들을 가르치자는 계획 아래 모두 힘을 모았다.

윤선숙은 아이들 모으는 일에 열성을 바쳤다. 갈대숲밖에 없는 허허벌판 황무지에서 다른 놀이를 찾을 수 없는 아이들은 갈대더미로 바람막이한 노천 학교로 곧잘 모여들었다.

그런데 뜻밖의 일이 벌어졌다. 아이들이 〈아리랑〉을 부르고 있는데 경찰이 들이닥쳤다. 윤선숙은 경찰서로 끌려갔고 비밀경찰로 넘겨졌다. 윤선숙은 영문도 모른 채 공포에 떨었다. 비밀경찰의 악명은 오래전부터 소문나 있었고, 남편도 비밀경찰한테 당한 것이었다.

"왜 그 노래를 가르쳤나?"

"고려 노래라서 가르쳤습니다."

"고려 노래란 걸 누가 모르나? 소비에트에 반대하려고 그랬지!"

"아, 아닙니다. 절대 아닙니다."

"아니긴 뭐가 아냐. 소비에트에는 소비에트 국가 하나뿐이야. 그런데 넌 소비에트에서 고려 국가를 가르쳤어. 그런데도 소비에트 반대가 아니란 말야!"

"아닙니다, 아리랑은 고려 국가가 아니라 민요일 뿐입니다. 고려인 당원들에게 물어보세요."

거듭되는 신문에 시달리다가 윤선숙은 이틀 만에야 가까스로 풀려났다. 조선인 당원들이 윤선숙의 말을 뒷받침해 주었고, 남자가 아니라는 것이 크게 작용했다.

다른 집단농장에서도 똑같은 일이 벌어졌다. 〈아리랑〉만 못 부르게 하는 게 아니었다. 조선의 명절을 쇠지 못하게 했고, 제사도 지내지 못하게 했다.

해가 바뀌고 2월이 왔다. 날이 풀리면서 봄기운이 돌더니 나무에 새 움이 돋고, 풀들이 파릇파릇 새싹을 피워 냈다. 강에는 힘찬 기세로 물줄기가 굽이쳐 흘렀다. 천산산맥을 하얗게 뒤덮은 눈이 녹아내리는 것이었다.

불어난 강물을 보면서 사람들은 모두 가슴 설레었다. 숙명처럼 논농사를 해야 하는 그들에게 물만큼 반갑고 귀한 것은 없었다.

사람들은 힘을 내서 논둑을 쌓고 강물을 끌어들일 수로를 냈다.

그 일에 매달리면서도 사람들은 기어이 3월 말에 학교를 다 지었다.

"이거 참, 짐승 우리 같아 죄송합니다. 나중에 다시 잘 짓겠습니다."

김두만이 미안해했다.

"아닙니다. 너무 좋고 과분합니다. 그저 열심히 가르치겠습니다."

윤선숙의 눈에는 그 허름한 학교가 어떤 왕궁보다도 더 좋아 보였다.

4월이 되면서 더위가 느껴지기 시작했다. 짧은 봄에 빨리 오는 여름이었다. 여름이 빠른 만큼 겨울도 빠를 것이었다. 절기의 변화를 짚는 데 귀신인 농부들은 볍씨 뿌릴 시기를 앞당겼다.

"세상에 안 되는 일은 없구면."

"그럼, 사람의 힘이 무섭다는 말이 괜히 있는 게 아니지."

사람들은 논에서 논으로 이어지는 물줄기를 바라보며 감격했다.

그런데 볍씨를 뿌리고 한 달이 지났는데도 싹이 나오지 않은 데가 많았다. 사람들은 눈에 불을 켜고 그 원인을 찾았다. 땅에서 소금기가 돋아나고 있기 때문이었다. 소금이 나는 산이 있듯 평지에도 소금기를 품은 소금땅이 여기저기 있었던 것이다.

사람들은 벼가 나지 않은 논에서 물을 뺐다. 그리고 새 물을 다시 채웠다. 그 물을 삼사 일 두었다가 다시 빼고 새 물을 채웠다. 소금기를 빼기 위한 물갈이였다.

추수가 가까워진 9월 초순께 농장에서 네 사람이 잡혀갔다. 갑작스러운 체포에 사람들은 어리둥절했다. 그 네 사람 속에 김두만도 들어 있었다. 잡혀간 이들은 모두 배운 사람들이거나 똑똑한 사람들이었다.

보름쯤 지나 소문이 퍼졌다. 그들은 모두 딴 곳으로 이송되었고, 죄목은 일본 스파이거나 소비에트 정부를 반대한 반동이라는 것이었다. 말도 안 되는 누명이라는 것을 뻔히 알면서도 사람들은 항의 한마디 못했다.

윤선숙은 새로운 슬픔과 증오 속에서 남편을 생각했다. 남편은 어차피 무사할 수 없는 운명이었던 것이다.

사람들은 맥이 빠진 채 가을걷이를 시작했다. 수확은 보잘것없었다. 소금 논에서는 아예 수확을 거두지 못한 데다 첫해 농사라서 이런저런 실수가 따랐던 것이다.

추수가 끝나고 집집마다 쌀이 분배되었다. 쌀을 받은 사람들의 얼굴에는 감격과 슬픔이 엇갈렸다.

"야아, 쌀밥이다, 쌀밥!"

주환이가 만세 부르듯 두 팔을 뻗었고,

"아이 좋아라, 쌀밥!"

명혜는 손뼉을 치며 깡충거렸다.

"그래, 어서 많이들 먹어라."

윤선숙이 숟가락을 집어 주자 주환이와 명혜는 정신없이 밥을 퍼 넣기 시작했다.

윤선숙은 목이 메어 밥을 떠 넣을 수가 없었다. 그동안 겪은 고생이 떠오르면서, 밥이 감히 입에 떠 넣어서는 안 될 어떤 고귀한 것인 양 느껴졌다.

20

제3세대의 얼굴

"아이고 추워라. 요놈의 짓도 오늘로 끝이다."

유기준이 밥상을 들고 들어오며 부르르 떨었다. 방 안으로 통바람이 몰려들었다.

앉은뱅이책상 앞에 고개를 빠뜨리고 앉아 있던 박용화가 무거운 얼굴로 돌아앉았다.

밥상에는 잡곡 섞인 밥 두 그릇, 콩나물국, 김치, 곤쟁이젓갈이 다였다. 자취 학생들의 밥상다웠다.

"참, 29등 짜리는 웃고 3등 짜리는 부어터져 있으니. 나는 3등 한번 혀 보면 원이 없겠다."

유기준이 혀를 차며 밥을 떠 넣었다.

"니는 내 속 몰라."

박용화의 말이 퉁명스러웠다.

"모르기는 뭘 모르냐? 광주사범에 온 놈들 치고 즈그 대그빡이 제일 좋다고 생각 안 해 본 놈이 어디 있겠냐? 니는 이번 학기에 2등도 아닌 3등으로 밀려 속이 더 상헌 모양인디, 그만허면 내가 천재로 인정헝께 다 잊어라. 니 머리가 모자라서가 아니고 가정교사 허느라고 시간이 모자라서 그런 것 아니냐? 그러고 1등이고 50등이고 졸업만 허면 선생질 해 먹는 것이야 매일반인디 무슨 상관이냐?"

유기준은 사뭇 진지해져 있었다.

"허기사 그려. 다 잊어불자."

박용화는 태도를 바꾸며 웃어 보였다. 유기준의 말이 더 듣기 싫어 그만 막으려는 것이었다. 유기준의 말은 언뜻 들으면 그럴싸한 것 같지만 그건 어디까지나 공부가 뒤처진 자들의 자기 위안일 뿐이었다.

"집에는 참말 안 갈 것이여?"

유기준이 말을 바꾸었다.

"속 편헌 소리 말어라. 나야 니처럼 학자금 대 주는 부모가 없응께로."

박용화는 말끝에 한숨을 지었다.

"그나저나 그 검사 나리 자제분께서 그리 돌대그빡이라 방학 내내 속깨나 터지겄다."

유기준이 밥그릇을 긁으며 혀를 찼다.

"그런 돌대그빡이 있어야 나 겉은 인생도 살제."

박용화는 한쪽 눈을 찡그리며 씨익 웃었다.

"근디 조선어 시간 없앤 것은 아무리 생각혀도 너무혀."

밥을 다 먹고 짐을 챙기던 유기준이 투덜거렸다.

"쟈가 시방 똑 퇴학당헐 소리만 허고 앉었네. 내선일체가 시작되았는디 조선어 시간 없애는 것이야 당연지사제. 안 그러고야 내선일체가 되지를 않고, 내선일체가 안 되면 조선 사람들만 손해지."

박용화의 말은 단호했다. 그 말은 교장의 말 그대로였다.

"옳아, 공자님 말씀이여."

유기준은 찬성하는 것인지 비꼬는 것인지 그 말투가 묘했다.

조선어 시간 폐지는 작년(1938년) 4월에 일어난 일이었다. 총독부는 중학교의 조선어 시간을 일어·한문·역사·수학 등의 과목으로 바꾸어 버렸다. 내선일체를 내세운 조선어 말살 정책의 시작이었다.

박용화는 유기준을 기차역까지 바래다주고 역을 나섰다. 그러지 않으려 애썼지만 방학에 집에 가지 못하는 서글픔이 밀려오면서 가난에 찌든 어머니의 모습이 눈앞에 어른거렸다.

"연필 한 자루 못 사 주면서 무슨 에미라고……."

방학 때 집에 못 오는 것을 알고 어머니가 한 말이었다.

"내 벌이로는 식구들 먹여 살리기도 모자란다. 니는 알아서 고학을 혀. 나맨치로 신세 안 망칠라면 딴짓거리 말고."

술 취한 형의 말이었다. 전력이 나빠 직장 옮기는 것을 끝내 포기한 형은 술타령이 심해졌다.

"자네의 황국신민으로서의 충심을 높이 사 추천했으니 성심을 다해 주기 바라네."

교무주임이 가정교사 자리를 구해 주며 한 말이었다.

조선 사람의 집도 아니고 일본 상인의 집도 아닌 일본 검사의 집이었다. 검사는 판사와 함께 최고의 권력자였다. 검사가 도와주기만 한다면 출세 길은 훤히 열린 것이나 다름없었다. 학비도 벌고, 배경도 만들고…… 온 힘을 다 쏟지 않을 수 없었다. 그러다 보니 시간을 너무 많이 빼앗겨 성적이 3등으로 밀리고 말았다.

'어디 두고 보자, 이번에는 방학 때 미리 다 공부를 해 둘 테니까!'

박용화는 역전 마당을 가로지르며 어금니를 맞물었다.

박용화는 내친김에 수학 참고서를 사 가지고 들어가기로 했다. 미리 공부를 하려면 수학은 아무래도 참고서가 있어야 했다.

박용화는 본정통에 있는 책방으로 갔다. 시간이 일러 책방에는 서너 사람밖에 없었다. 박용화는 느긋하게 책 구경을 했다. 철학책, 문학책, 인생론, 설화집…… 사고 싶은 책이 너무나 많았다. 그러나 참고서를 사는 것만으로도 힘에 벅찼다.

"어머, 박용화 상!"

여자의 목소리에 놀라 박용화는 얼떨결에 고개를 돌렸다.

"아니, 에이코……."

바로 옆에 서 있는 여학생은 자신이 가르치는 다쿠야의 누나 에이코였다. 그 옆에는 다른 여학생이 또 있었다.

"책 사러 왔군요?"

별로 예쁘지는 않지만 어딘가 당돌한 느낌을 풍기는 에이코가 생긋 웃었다.

"예…… 참고서 좀 사려고……."

박용화는 에이코 앞에서 말끝도 제대로 맺지 못했다.

"누구니?"

에이코 옆의 여학생이 속삭였다.

"응, 인사해. 내 동생 가정교사 박용화 상, 이쪽은 내 친구 후미코예요."

에이코가 두 사람을 인사시켰다.

"첨 뵙겠습니다. 박용화라고 합니다."

박용화는 당황스럽게 모자를 벗으며 인사했다.

"안녕하세요. 사범학생에 검사님 댁 가정교사라, 천재신가 보죠?"

고개를 까딱한 후미코가 대뜸 한 말이었다.

"말해 뭘 해. 언제나 이찌방!"

에이코가 엄지손가락을 세워 보였다.

"그럼 저는 이만……."

박용화는 그만 자리를 피하려 했다.

"어제 방학했지요? 날도 춥고 하니까 우리 단팥죽에 모찌 먹으러 가요."

에이코의 느닷없는 말이었다.

"아니 저……, 저는 저……."

박용화는 무척 당황스러웠다. 주머니에는 몇 전밖에 남아 있지 않았다.

"걱정 말아요. 내가 살 테니까."

에이코가 눈치 빠르게 말했다.

박용화는 어쩔 수 없이 두 여학생을 따라나섰다.

일본 사람들이 겨울철에 유난히 좋아하는 단팥죽과 찹쌀떡을 파는 집은 본정통 샛길에 무척 많았다.

"자, 젠사이 드세요."

단팥죽을 에이코가 박용화 앞에부터 밀어 놓았다.

"방학하자마자 참고서부터 사다니, 난 공부에 그렇게 미친 사람들이 신기해요."

후미코가 예쁘장한 눈을 깜박이며 말했다.

"그러니까 우린 맨날 30등짜리 아니니. 부모한테 야단이나 맞고."

에이코가 픽 웃었다.

"니네 아버지가 까다로운 분인데 박 상을 채용한 걸 보면, 박 상을 굉장히 인정하는 모양이지?"

후미코가 말머리를 돌렸다.

"그럼. 박 상 듣는 데서 한 말은 아니지만, 내 아들이었으면 좋겠다고 하실 정도야."

박용화는 가슴이 쿵 울렸다.

"그래? 사위를 삼으면 간단하잖아."

"얘가 정말 못하는 소리가 없어. 넌 입이 너무 방정이라 탈이야."

에이코의 얼굴이 빨개졌고, 못 들은 척 단팥죽을 퍼 넣고 있는 박용화의 가슴에서는 우르릉 쿵쾅 천둥이 쳤다.

집으로 돌아온 박용화는 새로 사 온 책의 포장지를 뜯었다. 책장을 넘기던 박용화는 손길을 멈추었다. 조선어 시간을 없앤 것을 불만스러워하던 유기준의 말이 문득 떠올랐던 것이다.

'기준이는 여지껏 조선어 책을 가지고 있나……?'

박용화는 유기준의 책꽂이를 훑어보았다. 조선어 책이 아래 칸 맨 구석에 꽂혀 있었다. 박용화는 그 책을 뽑아 펼치는데 두툼하게 접힌 종이가 툭 떨어졌다. 두 번 접힌 종이를 펼친 박용화는 인쇄물의 제목을 보는 순간 질겁했다.

'사회주의와 조선 혁명!'

박용화는 가슴이 벌떡거리며 빠르게 종이를 넘겨보았다. 인쇄물은 모두 넉 장이었다.

'이놈이 지하 서클에 가담하고 있구나! 이건 예삿일이 아니야.'

박용화는 책을 빼내 뒤지기 시작했다. 그런데 마분지로 싸 놓은 책이 아무래도 이상했다.

박용화는 그 책을 집어 들고 마분지를 벗겼다. 마분지와 표지 사이에서 또 접힌 종이가 툭 떨어졌다.

'노동자 농민은 왜 조직되어야 하는가!'

등사물을 펼친 박용화는 신음을 물었다. 유기준은 틀림없이 사회주의 지하 서클에 든 것이었다.

'나를 그렇게 까맣게 속이다니…….'

박용화는 혼란에 빠졌다. 이 일을 어찌해야 하는지, 유기준과의 관계를 어떻게 해야 할지, 이런저런 생각이 얽히고설켰다.

배신감도 들었다. 그동안 유기준은 자신을 어떻게 생각했을까? 오늘만 해도 조선어 시간 폐지는 당연하다고 했는데, 그 말을 듣고 속으로 얼마나 자신을 비웃고 경멸했을까?

생각할수록 분통이 분노로, 분노가 증오로 바뀌고 있었다.

'유기준 그놈은 정말 사회주의 혁명을 믿는 것일까? 사회주의 운동은 이미 끝장나지 않았나? 거물급 사회주의 운동가들이 얼마나 많이 전향했나? 그놈은 이광수, 신흥우 같은 사람이 전향서를 쓰는 것도 못 보았나? 그 유명한 사람들 하는 대로 따라가면 될 텐데 제 놈이 뭐 잘났다고 사회주의 운동에 뛰어든단 말인가……'

수양동우회 사건으로 보석 중이던 이광수 외 28명은 1938년 11월에 사상전향신술서를 재판장에게 제출했고, 그보다 석 달 앞선 9월에는 이승만의 동지회 국내 지부인 흥업구락부 사건으로 구속된 신흥우 등 54명이 전향성명서를 발표하여 기소유예 처분을 받았다.

박용화는 이어지는 생각 때문에 하마터면 공부 가르치러 가는 것을 잊을 뻔했다.

다쿠야의 성적은 9등이 올랐다. 그 때문에 앞으로 1년은 보장된 것이나 다름없었다.

"박 군, 수고했네. 이번 겨울방학에는 기초를 더 튼튼하게 잡아

주게. 시간을 두 배로 늘려서 말이야. 물론 보수도 두 배로 주지. 그리고 이건 특별 상여금이야."

다쿠야의 아버지가 봉투를 내밀었다.

다다미방에 일본식으로 무릎을 꿇고 앉은 박용화는 얼굴을 제대로 못 든 채 봉투를 받아 들었다. 그러면서 또 생각했다.

'아, 나도 대학에 가서 법관이 되면 얼마나 좋을까?'

이시하라 검사를 대할 때마다 떠오르는 생각이었다.

박용화는 이시하라 검사의 집을 나오다가 퍼뜩 떠오르는 생각을 붙들었다.

'이시하라한테 그걸 제보해서 대학 가는 기회로 삼으면 어떨까!'

이 생각과 함께 유기준의 얼굴이 떠오르고 가슴이 두근거렸다.

박용화는 그 일로 열흘이 넘게 고민했다. 그런데 이시하라 검사가 휴가를 얻어 부인과 소학생인 두 아이를 데리고 일본에 다녀온다는 것이었다. 생각하고 또 생각했지만 입을 열 수가 없었다. 박용화는 좀 더 생각하기로 했다.

부모가 일본으로 떠나자 다쿠야는 그날부터 공부를 하지 않고 밖으로 내뛰려고만 들었다. 사흘째 되는 날 다쿠야는 기어이 일을 저질렀다.

"아침 일찍 도망 나갔어요. 나도 어쩔 수 없었어요. 그 대신 내 수학 좀 봐 주세요. 숙제가 너무 많거든요."

에이코의 말이었다.

박용화는 어쩔 수 없이 에이코를 따라 2층으로 올라갔다. 그러나 마음은 무겁기만 했다.

"왜 기분이 나빠 보여요?"

에이코가 방으로 들어서며 생긋 웃었다.

"다쿠야 일을 검사님이 아시면 어떡합니까?"

"우리 둘만 아는 비밀로 하면 돼요."

에이코는 더 진한 눈웃음을 지었다.

"식모가 있잖아요."

"내가 책임질 테니 아무 걱정 말고 앉으세요."

에이코는 아양 떨 듯 말하며 박용화의 팔을 붙들어 앉혔다.

21

입속의 노래

포위망을 뚫다가 부대를 잃어버린 김건오는 한 중국인 대원과 함께 눈보라 치는 산속을 헤매고 있었다. 눈보라가 어찌나 심한지 몇 발짝 앞이 안 보일 지경이었다. 두 사람은 사흘 동안 아무것도 먹지 못한 채 부대를 찾아 헤매고 있었다.

"김 동지, 저거⋯⋯, 저거 뭐지?"

중국인 대원이 비틀거리며 앞을 가리켰다.

몇 발짝 앞 나무에 무언가가 매달려 있었다. 그 위에는 무슨 종이가 붙어 있었다.

두 사람은 허덕거리며 그쪽으로 다가갔다. 종이에는 음식을 걸게 차린 상 앞에서 한 남자가 미녀와 함께 술을 마시는 그림이 그려져 있었다. 그림 밑에는 글이 있었다.

지금 곧 투항하라. 쌀밥과 미녀와 돈이 너희를 기다리고 있다. 아래의 쌀밥을 먹고 원기 회복해서 곧 투항하라. 절대로 처벌하지 않는다.

중국인 대원과 김건오의 손이 거의 동시에 나무에 걸린 망태기를 붙들었다. 두 사람의 눈길이 부딪쳤다.

"진 동지, 나눠먹어야지."

김건오가 흐리게 웃었고,

"그래 김 동지, 똑같이 나눠."

중국인 대원이 고개를 끄덕였다.

망태기에는 돌멩이처럼 딱딱하게 언 쌀밥 덩이가 담겨 있었다.

두 사람은 바람을 등지고 앉아 그 딱딱한 밥 덩이를 허겁지겁 먹기 시작했다.

"김 동지, 가자."

"그래, 가야지."

김건오는 눈앞이 좀 트이는 것 같은 기분으로 대답했다.

"아니, 이거 말이야!"

중국인 대원이 종이를 흔들었다. 김건오는 퍼뜩 정신이 들었다.

"뭐, 뭐라고?"

"이거 말이야, 투항, 투항하자고."

종이를 흔드는 중국인 대원의 목소리가 커졌다.

"우린 이러다가 죽고 말 거야. 난 개죽음 하고 싶지 않아. 이걸 봐, 쌀밥, 고기, 여자, 술, 돈, 따뜻한 방. 왜, 넌 싫으냐!"

"진 동지, 그래선 안 되잖아."

김건오는 흔들리는 마음을 다잡으며 중국인 대원을 바라보았다.

"안 되긴 뭐가 안 돼. 이대로 개죽음 하겠다는 거야? 싫으면 관둬. 나 혼자 갈 테니."

중국인 대원이 일어섰다.

'이 산속에서 나 혼자……!'

김건오는 덜컥 겁이 났다. 바위틈이며 나무에 기댄 채 죽어 있는 대원들의 모습이 떠올랐다. 마음이 걷잡을 수 없이 허물어지고 있었다.

"정빈 대장은 지금 왜놈들의 길잡이 노릇을 하며 우리 항일연군을 토벌하는 데 앞장서고 있다. 얼마나 더럽고 무서운 배신인가? 남아가 그렇게 살아야겠는가? 여러분은 조국을 위해 당당히 죽을 각오를 해야 한다. 그것만이 우리가 왜놈들에게 이기는 길이다."

방대근 대장이 조선과 중국인 부하들에게 해 온 훈시였다.

김건오는 어금니를 맞물며 눈을 감았다.

"정말 안 가겠어? 좋아, 그럼 나 혼자 간다."

중국인 대원이 걸음을 옮기기 시작했다.

'내가 네놈을 그냥 보낼 줄 알고……?'

김건오는 총을 겨누었다.

그런데……, 얼어 죽은 동지들의 모습이 다시 눈앞을 가렸다. 추위보다 견디기 어려운 굶주림이 떠올랐다. 아까 본 그림이 그 위에 겹쳐졌다.

'진 동지를 죽이고 나서 나 혼자……, 끝내 부대를 못 찾게 되면…….'

눈 위에 난자당해 죽은 대원들의 모습과 함께 김건오의 마음은 와르르 무너지고 있었다.

"진 동지, 진 동지, 함께 가, 함께!"

김건오는 소리치며 눈보라 속을 허겁지겁 뛰기 시작했다.

일본군의 집단부락을 이용한 차단 작전과 대규모 병력을 투입한 포위 작전은 항일연군에게 치명적인 타격을 주었다. 끝없이 생겨나는 집단부락 때문에 갈수록 식량 구하기가 어려웠고, 끈질긴 포위 작전으로 인명 피해는 점점 늘었다. 배고픔과 추위에 몰린 항일연군은 날로 사기가 떨어지고 있었다.

그런데 제1로군 전체를 놀라게 한 충격적인 사건이 발생했다.

작년(1937년) 6월 제2사장 정빈이 부하들을 데리고 일본군에 투항한 것이었다. 정빈은 제1로군 군장 양정우가 가장 신뢰하던 같은 중국인 간부였다. 정빈은 일본군의 길잡이가 되어 토벌에 앞장서기까지 했다.

정빈이 투항하자 양정우는 급히 부대를 다시 편성하고 활동 지역을 바꾸었다. 부대의 기밀이 송두리째 일본군으로 넘어간 것에 대비한 조처였다. 그래서 제1로군의 제1사에서 제6사까지는 1개 경위여단과 3개 방면군으로 바꾸었다. 방대근은 경위여단의 부여단장이 되었다. 방면군 군장과 같은 직위였다.

작년 11월부터 또다시 시작된 일본군의 동계 토벌은 해가 바뀌어도 끝나지 않았다. 일본군의 차단 작전으로 항일연군은 식량뿐만 아니라 모든 물자가 떨어져 허덕이고 있었다. 그 어려움을 넘어서는 길은 산 아래 집단부락를 습격하거나 산속의 토벌대를 지원하는 보급 부대를 기습하는 두 가지밖에 없었다.

방대근은 눈보라 치는 밤에 부대를 출발시켰다. 눈으로 발자국을 지워 추적을 따돌리기 위해서였다. 목적지는 일본군 보급 부대였다.

"제1단 동쪽 문, 제2단 서쪽 문, 제3·4단 남쪽 담. 제1단이 공격을 시작허고 5분이 지나면 제2단이 공격해 적을 교란시킨다. 그 사이에 제3·4단은 담을 넘어 창고를 습격헌다. 30분 안에 작전

완료, 철수헌다. 행동 개시!"

방대근의 작전명령이었다.

제1단과 제2단이 스무 명씩 나누어 출발했다. 방대근은 제3·4단
의 장비를 다시 점검했다. 담이나 가시철망을 타 넘기 위한 사다
리가 각 단에 두 개씩이었다.

"담을 넘으면 제3단은 경계, 제4단은 창고 습격이다. 제3단 각
분대는 방화를 잊지 말도록!"

방대근은 제3·4단을 이끌며 천천히 이동했다.

이광민은 제2단을 신속하게 몰아 서쪽 문 주위에 배치했다.

"무슨 일이 생겨도 대오를 철저히 지키도록!"

이광민은 네 분대장에게 낮지만 강한 목소리로 명령했다.

탕!

타당 탕 탕…….

눈보라 속에 총소리가 울리기 시작했다.

"공겨억 개시!"

이광민은 명령과 동시에 방아쇠를 당겼다. 그 총소리를 신호로
서쪽 문에도 공격이 시작되었다.

보급 부대 안은 고함 소리와 호루라기 소리, 뜀박질 소리로 야
단법석이었다. 제3단과 제4단 대원들은 빠른 동작으로 통나무 담
을 타 넘었다.

제4단 대원들은 창고로 들어가 미리 준비한 홰에 불을 붙였다. 그리고 쌀·신발·약품·총알을 찾기 시작했다.

양쪽 문에서는 총소리가 치열했다. 방대근은 창고에 불 지르는 것을 지휘했다.

짐을 챙긴 제3단, 제4단 대원들은 도로 담을 타 넘었다. 양쪽 문에서는 여전히 총소리가 난무하고 수류탄이 터지고 있었다.

담을 넘은 제3단, 제4단 대원들은 숨을 씩씩거리며 눈보라 속을 걸었다. 그들은 보급부대의 불빛이 멀어진 곳에서 걸음을 멈추었다. 그리고 명령에 따라 총을 한 방씩 쏘며 외쳤다.

"와아아아—."

퇴각 신호였다.

"분대별로 퇴각한다. 1분대 퇴각!"

이광민은 급히 명령을 내렸다.

3분대까지 퇴각을 확인한 이광민은 마지막으로 명령했다.

"4분대 퇴각!"

쾅!

폭음과 함께 섬광이 부챗살처럼 뻗쳤다. 여기저기서 비명이 찢어졌다. 4분대에 수류탄이 날아든 것이었다.

이광민은 등에 강한 충격을 느끼며 눈 위에 픽 엎어졌다. 그는 정신을 잃었다.

양쪽 문에서 총성이 멎고 일본군들이 고함지르며 창고로 뛰어 갔다.

이광민은 가까스로 정신을 차리고 몸을 일으키려 했다. 그러나 몸이 말을 듣지 않았다. 고개를 들 수도, 손을 움직일 수도 없었다. 그는 가물거리는 의식 속에서 나부끼는 태극기를 보고 있었다. 청산리 전투가 끝나고 산속의 소나무 가지에 내걸었던 태극기였다. 그 태극기 위로 어머니 얼굴이 겹쳐졌다. 그 모습이 점점 멀어지고 있었다.

제1로군은 치료가 불가능한 중환자들을 하산시키기로 결정했다. 치료 시설과 약이 없는 산에 그대로 머물다가 죽을 수는 없는 노릇이었다.

환자들은 여러 곳의 비밀 아지트에 수용되어 있었다. 한 수용소에 보통 20여 명씩 있었는데, 총상 환자와 동상 환자가 가장 많았다. 더러 폐병이나 다른 병을 앓는 환자들도 섞여 있었다. 환자들 중에 동상 환자들은 절망적이었다. 동상으로 수용소에 들어올 정도면 이미 손발이 썩어 들어가는 상태라 절단 수술밖에는 다른 방법이 없었다.

그 결정을 알리기 위해 송가원은 비밀 아지트를 돌았다. 송가원도 오른쪽 새끼발가락과 네 번째 발가락에 동상이 걸려 있었다. 옥녀는 자꾸 물을 만지는 탓에 두 손의 손가락이 다 동상이었다.

송가원은 환자들에게 사령부의 결정을 알렸다.

"……그러니까 여러분은 하산할 준비를 하십시오. 집에 가서 치료하면 여기보다 훨씬 나을 겁니다."

환자들은 놀란 얼굴로 한동안 말이 없었다.

"저는 안 갈랍니다. 내려가 봐야 찾아갈 집도 절도 없어요."

한 사람이 불쑥 말했다. 두꺼비라는 별명을 가진 강원도 철원 사람이었다. 스물대여섯쯤 되는 그 사람은 동상에 총상까지 심했다. 산밭을 일구고 나무를 해 가며 살던 그는 일본 순사를 죽이고 도망 온 것으로 유명했다.

"그러지 말고 내려가서 병원을 찾도록 하시오. 병원에 가면 곧 나을 병인데 여기 이러고 있으면 결국 죽게 된단 말이오."

송가원은 일부러 볼악스럽게 말했다.

"왜놈들한테 잡혀 죽는 건 안 생각하시오? 난 여기서 그냥 죽겠소."

그의 말은 퉁명스러웠다.

"죽긴 왜 죽어요. 가짜로 투항하는 척하면 되는데. 어쨌든 귀한 목숨은 건져야지요."

"상부에서 그러라고 했나요?"

그의 눈이 휘둥그레졌다.

"예, 그렇게라도 해서 목숨을 지키기로 결정했어요."

투항자들이 계속 생겨 따로 지켜야 할 기밀도 없는 형편이었다. 그래서 사령부에서는 투항을 역이용해 환자들을 살리자는 계획을 세운 것이었다.

"그것도 좋은 방책이구만요. 왜놈 덕에 몸 나아서 다시 들어오면 되겠군요."

그 사람은 정말 두꺼비처럼 눈을 껌벅껌벅하며 웃었다.

"예, 그러면 더욱 좋겠지요."

송가원은 미처 그런 생각까지는 못한 터라 반기며 고개를 끄덕였다.

"그럼 이별이 목전에 닥쳤는데, 옥비 명창 노래나 한 가락 들읍시다."

다른 사람이 불쑥 말했다.

"옥비 명창이 노랠 한 곡조 불러야겠소."

송가원이 조금 옆으로 비켜 앉으며 말했다.

"무슨 노래로……."

옥비는 부끄러운 듯 고개를 숙임막하며 사람들을 둘러보았다.

"타향살이요."

두꺼비가 재빨리 곡목을 댔다. 조선 대원들 누구나 좋아하는 노래였다.

적에게 에워싸이다시피 한 유격 투쟁에서 소리 내어 노래를 할 수는 없었다. 항일연군에는 절대 금지 사항이 있었다. 소리 내지 말기, 불빛 내지 않기, 연기 내지 않기, 이 세 가지는 생명과 직결된 것이었다.

하지만 박수도 손바닥이 서로 엇갈려 소리가 안 나게 공(空) 박수를 치듯 노래도 소리가 멀리 퍼지지 않게 부르는 요령이 있었다.

옥비는 나부시 고개를 숙였다. 환자들은 열렬하게 공 박수를 쳤다.

타아햐앙사아리 며엇해에더언가아아…….

옥비는 눈물 젖어 오는 가슴으로 절절하게 노래를 불렀다.

"재청이오, 재청!"

환자들이 공 박수를 치며 재청을 했다. 그들의 눈은 물기에 젖어 있었다.

"이번에는 아리랑을 불러 주시오."

옥비는 다시 고개를 조아리며 앉음새를 고쳤다.

아아리라앙 아아리라앙 아아라아리오오…….

소리가 낮고 가늘어 더욱 애절하고 서럽게 느껴지는 가락이 흐르기 시작했다.

22

그들은 그렇게 속았다

남만석이 포함된 이민단은 기차를 탄 지 꼬박 7일 만에 하얼빈 역에 내렸다. 거기서 다시 트럭을 타고 서쪽으로 300리를 실려 갔다.

그들이 내린 곳은 멀리 산줄기가 보이는 드넓은 벌판이었다. 그런데 살 집을 다 지어 놓고 기다린다더니 어디에도 집은 보이지 않았다. 그들을 실어 온 트럭들은 되돌아가고, 그들을 인솔해 온 만척회사 직원 대여섯과 총을 든 군인 열 명이 남았다.

"여기가 우리 살 땅 아닐랑가?"

"무슨 소리여? 집이라고는 눈을 씻고 찾아도 없는디."

"긍게 우리가 속은 것 아니겄냔 말이제."

남자들이 끼리끼리 모여 수군거리는 말이었다.

그때 호루라기 소리가 울렸다. 사람들의 눈길이 일제히 그쪽으로 쏠렸다. 한 사람이 흙벽돌 위에 올라서 있었다.

"에에 또, 지금부터 하는 말 똑똑히 들으시오. 여기가 당신들이 살 땅이오. 내일부터 보름 안에 여기 있는 자재로 당신들이 살 집을 지어야 하오. 집은……."

"잡소리 말어! 집 준다고 약조헌 것은 뭐여!"

어느 남자가 고함을 질렀다.

"맞어. 어째 초장부터 거짓말이여!"

다른 남자가 더 크게 소리 질렀다.

사람들이 웅성거리기 시작했다.

탕! 탕! 타당!

총소리가 진동했다. 군인들이 흙벽돌 위로 뛰어오르며 총을 겨누었다.

사람들은 순식간에 얼어붙고 말았다.

"에에 또, 방금 소리 지른 세 사람을 처벌할 수도 있소. 하지만 처음이니까 봐 주겠소. 만약 앞으로 또 그러는 자가 있으면 가차 없이 총살이오, 총살!"

그 조선 사람은 싸늘한 눈길로 사람들을 둘러보고는, "집 때문에 당신들을 속였다고 생각하는 모양인데, 속인 게 아니라 이민자들이 너무 많아서 그리됐다는 걸 똑똑히 알아 두시오. 그리고 당신들은 아주 재수가 좋은 거요. 흑룡강 쪽으로 간 이민자들은 지금 황무지에서 나무뿌리를 캐면서 논밭을 만들고 있소. 그런데 여기는 그런 고생 할 필요 없이 바로 농사를 지을 수 있는 농토요. 이게 얼마나 큰 혜택인지는 농부인 당신들이 더 잘 알 거요. 그럼 지금부터 곡식을 배급할 테니 줄을 맞춰 서시오."라며 쨍쨍한 소리로 협박했다.

식구 수에 따라 쌀도 보리도 아닌 조가 사흘 치씩 배급되었다.

"요것 참말로 더럽게 되았다. 인제 와서 옴치고 뛰도 못허고."

남만석의 매형 김진배는 얼굴이 구겨져 있었다.

"참말 왜놈들은 믿지 못헐 개종자들이로구만."

남만석이도 이를 뿌드득 갈았다.

"그렁게 똥인지 된장인지 잘 알아봤어지. 어쩐지 자네가 너무 설레발을 치더라니."

김진배는 노골적으로 처남을 타박하고 들었다.

"누가 요럴지 알았당게라. 설마 혔제라."

남만석은 궁지로 몰리며 한숨만 더 짙어졌다.

노을기가 사위고 있는 서쪽 하늘을 하염없이 바라보고 있던 죽림댁이 입을 열었다.

"다 엎어진 물이고 깨진 옹기여. 잘되자고 헌 일잉게 맘 상허지 말고 앞일이나 생각혀. 땅 너른 것 보니 그리 잘못 온 것은 아닌 것 겉기도 허구마."

그 말은 곤궁한 입장에 빠진 아들을 구해 내려는 것이었다.

총독부 정책을 대행하는 만척회사에서는 금년 1월부터 제3차 농업 이민자를 모집했다. 그들 200가구는 목포와 신안 그리고 정읍과 고창 일대에서 모집한 사람들이었다.

이튿날 아침 군인들은 사람들을 모아 놓고 조를 짰다. 사람들은 집 짓기조, 담쌓기조, 호 파기조로 나뉘었다.

"얼어 죽지 않고 총 맞아 죽지 않으려면 하루라도 빨리 집을 지어라. 어젯밤에 자 봐서 알겠지만 여긴 벌써 남쪽의 겨울과 같다. 그리고 이 지역은 공산 비적들이 총질을 해 대며 식량을 뺏어 가고 사람들을 죽이는 곳이다. 하루라도 빨리 집을 짓지 않으면 그 놈들 손에 식량도 다 뺏기고 총 맞아 죽게 된다. 다들 똑똑히 명심하라."

군인 대장의 살벌한 말이었다.

그 말이 아니어도 사람들은 벌써 집을 빨리 지을 생각을 하고 있었다. 하룻밤 사이에 아이들은 감기가 들어 콧물을 흘리고 노인들은 기침을 하고 있었다. 그러나 사람들은 '공산 비적'이란 말은 알아듣지 못했다. 그건 바로 동북항일연군을 말하는 것이었고, 이 지역은 중국인 조상지 장군이 이끄는 제3로군의 활동 지역이었다.

　집은 예정보다 나흘이나 빠르게 11일 만에 완성되었다. 한 동에 10세대씩 들어가는 판잣집 10개 동이 줄지어 서 있었다. 식구가 몇이건 방 하나에 부엌 하나가 배당되었다.

창고와 공회당을 짓고, 우물에서 맑은 물을 길어 올리기까지 사흘이 더 걸렸다. 담 밖 구덩이를 따라 가시철망을 치고, 담 네 귀퉁이에 포대가 설치되는 것으로 집단부락은 꼴을 갖추었다. 군인들은 일본군과 만주군이 다섯 명씩, 열 명으로 불어났다. 사람들은 그때서야 자기들이 군인들의 감시 아래 감옥살이 생활을 하게 된 것을 알았다.

땡땡땡땡땡땡······.

종 대신 공회당 기둥에 매달린 레일 토막이 요란하게 울려 댔다. 아이들만 빼고 모든 사람들은 허둥지둥 공회당 앞으로 모였다.

"이래 가지고 공비들의 습격에 대처할 수 있으무니까!"

일본군이 서툰 조선말로 외치며 발을 굴렀다.

비상소집 훈련이었던 것이다.

어느덧 날씨는 완연히 겨울로 바뀌어 있었다. 사람들은 짐을 정리해 가며 사나흘을 편히 쉬었다.

"아이고, 이만허면 살겠네."

"어째 속이 컬컬헌 것이 한잔 생각 간절허시."

이런 한가한 얘기도 잠시였다.

남자들은 모두 집 떠날 채비를 해야 했다. 멀리 보이는 산으로 숯을 구우러 간다는 것이었다. 그 밑도 끝도 없는 말에 사람들은 어리둥절했다.

"숯은 무슨 숯이여?"

"보나 마나 뻔허제. 왜놈들 숯 없으면 한겨울에 갱신을 못 허지 않는가? 즈그 놈들 따땃헐라고 우리를 얼릴라는 것이제."

"참말, 만주까지 와서 숯쟁이질이 웬 말이다냐?"

그러나 그들은 자기들이 숯쟁이로 끌려가는 내막을 모르고 있었다. 중국과 전쟁을 일으킨 일본은 물자난을 겪고 있었다. 그중에서도 가장 시급한 게 석유였다. 그래서 총독부는 1938년 1월에 인조석유제조사업법을 공포했다. 그리고 4월에는 원료가 없어 고무 공장에 휴업 사태가 발생했다. 또 8월에는 구리·아연·주석의 사용제한령을 공포했다. 올 4월에는 못·철사·철판 등의 배급 통제를 실시했다. 그리고 8월에는 마침내 철도국에서 목탄 자동차 시험 운행을 시도했다. 숯으로 가는 자동차, 그건 바로 인조석유의 제조 성공이나 다름없었다. 기름 자동차를 목탄 자동차로 개조하는 것은 이미 만주까지 퍼져 있었다. 자동차를 움직이려면 숯을 계속 구워 내야 했다.

그러나 말이 숯 굽는 일이지 그들이 해야 할 일은 두 가지였다. 먼저 아름드리나무를 찍어 넘어뜨려야 했고, 그다음에 가지들을 잘라내 숯가마에 넣을 수 있도록 토막을 내야 했다. 그러니까 그곳은 산판 겸 숯가마였다.

산에는 등성이마다 다른 집단부락에서 끌려온 조선 사람들이 일을 하고 있었다.

무릎에 머리를 웅크려 박고 앉은 남만석은 '발등을 찍고 싶다'는 말이 무슨 뜻인지 비로소 절감하고 있었다. 기어이 땅을 찾으라는 아버지의 유언을 거역해 받는 벌이라는 생각이 들기도 했다. 억지를 써서 모셔 온 어머니께는 너무 면목 없고 죄스럽기만 했다.

집단부락의 여자들도 편치 못했다. 나날이 추워지는 날씨에 땔감을 구해야 했다. 여자들은 10리, 20리 밖의 둔덕빼기 억새밭이나 강가의 갈대밭을 찾아갔다.

"어무니, 인제 고만 쉬시랑게라."

남만석의 아내는 아침마다 시어머니를 말렸다.

"아니여, 한 짐이라도 보태야 새끼들이 안 얼제."

죽림댁은 날마다 해 온 나뭇짐을 사위네와 똑같이 반으로 나누었다.

"서운해 말어라. 내가 딸년 좋으라고 이러는 것이 아니다. 김 서방 대허기가 바늘방석이라……."

죽림댁은 나뭇짐을 나누면서 며느리에게 말했다.

"야아, 아범이 실수헌 것 다 아는구만요."

죽림댁은 아들이 사위를 만주로 끌어온 잘못을 그렇게라도 갚고 싶었다.

66

남만석의 아내는 잠자리에서 일어나며 옷고름을 여몄다. 시어머니와 아이들은 잠들어 있었다. 그녀는 시어머니를 깨울까 봐 발끝으로 가만가만 걸어 밖으로 나왔다. 시어머니는 잠귀가 밝은 데다 만주로 오고부터는 잠을 잘 자지 못했다.

밥을 다 지었는데도 시어머니는 일어나지 않았다. 웬 늦잠인가 싶어서 그녀는 방으로 들어갔다. 시어머니는 여전히 잠들어 있었다. 나무를 하러 가려면 어서 아이들에게 밥을 먹여야 했다. 그녀는 아이들부터 깨웠다. 그 소리를 듣고 시어머니가 어련히 일어나랴 싶었다.

아이들이 일어나는데도 시어머니는 여전히 그대로였다. 불길한 생각이 그녀의 머리를 쳤다. 서둘러 시어머니에게로 다가갔다.

"어무님, 어무님……!"

손끝이 섬뜩했다. 죽림댁은 자는 듯 숨이 끊어져 있었다.

23

변절자는 용서 말라

"안녕하시오, 주간 선생."

야유조와 시비조가 뒤섞인 목소리에 송중원은 고개를 들었다.

문 앞에 형사 우지마가 거만스러운 웃음을 입가에 물고 서 있었다.

"어서 오십시오. 앉으시지요."

송중원은 부드럽게 웃으며 자리를 권했다.

"별일 없소?"

우지마가 의자에 털퍽 앉으며 형사 특유의 상스러운 말투로 물었다.

"예, 아무 일 없습니다."

송중원은 우지마의 눈을 보며 우호적인 웃음을 보냈다.

"당신은 항상 아무 일 없지."

아까의 '주간 선생'이라는 호칭도 시비조였지만 '당신'이란 호칭은 노골적인 시비조였다.

"아시다시피 잡지만 만들고 있지 않습니까?"

송중원은 더욱 부드럽게 웃으며 일본식으로 머리를 연거푸 조아렸다.

"누가 아나, 그 속을. 이번에 공포된 창씨개명에 관해 어찌 생각하시나?"

우지마는 묘하게 웃으며 담배를 꺼내 물었다.

"그야 내선일체를 앞당길 수 있는 시기적절한 조치지요."

송중원은 지체 없이 대답했다.

"그럼 당신은 이름을 뭐로 바꿀 거야?"

우지마는 재미있다는 듯 웃었다.

"그야 잘 생각해 봐야지요. 자식들한테까지 전해 줘야 하는데 함부로 지을 수는 없지 않습니까?"

'흥, 네놈 얕은 수에 내가 걸려들 것 같으냐?'

송중원은 여유 있게 말했다.

"그건 그렇지. 자식들한테까지 전해 주려면 성이 좋아야지."

우지마는 고개를 끄덕이더니, "잡지에 뭐 이상한 건 없고?"라며 급히 말머리를 돌렸다.

"예, 없습니다."

"그래야지. 총독부에서 걸려 날 뒷북치게 만들면 우리 사이가 박살 나는 거니까."

우지마는 노골적으로 협박하고 있었다.

우지마가 돌아간 뒤에 송중원은 온몸에 맥이 풀렸다. 스스로에게 기분이 상하기도 했고, 직원들에게 창피스럽기도 했고, 그놈이 징그럽기도 했고, 그러지 말자고 하면서도 그놈을 대하는 게 익숙해지지 않았다.

잠시 후 송중원은 윤일랑의 전화를 받았다.

"송 형인가? 여기 길 건너 다방인데 좀 나올 수 있나?"

"자네가 다방에? 응, 곧 가지."

송중원은 무슨 일이 있다고 생각했다. 윤일랑은 다방이나 카페를 영 싫어했다. 꼴사나운 서양풍인 데다 맛없는 물 한 잔에 두부 서너 모가 말이 되느냐는 것이었다. 늘 궁색한 살림을 꾸려 가는 소설가의 실감 나는 계산법이었다.

"차 두 잔이면 보리쌀이 반 되고, 두부가 대여섯 모라는 걸 모르진 않겠지? 어디서 눈먼 돈 생겼나?"

송중원은 자리를 잡고 앉으며 놀리듯 말했다.

"흥, 찻값을 자네가 내지 않을 수 없을걸. 이 편지부터 읽어 봐."

윤일랑은 낡은 외투 주머니에서 반으로 접힌 봉투를 꺼내 탁자에 던졌다.

송중원은 봉투를 펴다가 발신인의 이름에 눈길이 멈추었다.

'아니……!'

소설가 이 아무개의 이름 석 자가 또렷했다.

송중원은 서둘러 편지를 꺼냈다.

'군의 작품은 관심 있게 읽고 있다. 품격과 수준을 갖춘 작품들이라고 생각한다. 다름이 아니고 두 달 전에 새로 결성한 조선문인협회에 가입하기를 권하는 바이다. 그리고 군같이 유능한 신인이 일어로 작품을 써서 기량을 맘껏 발휘하기 바란다. 그러면 군의 앞길에 내가 힘이 될 수 있을 것이다.'

대충 이런 내용이었다.

송중원은 머리를 울리는 충격에 눈을 질끈 감았다.

"어떤가, 내가 굉장한 존재로 뵈지 않나? 자칭 조선의 톨스토이요, 대문호라는 거물한테서 그런 편지까지 다 받았으니 말야."

윤일랑이 거드름을 피워 보였다.

"이런 편지……, 자네한테만 보낸 건 아니겠지?"

송중원이 윤일랑을 빤히 보았다.

"물론 이름 바꿔 가며 여럿한테 보냈지."

윤일랑이 웃음기를 거두고 대꾸했다.

"그걸 받고 어떤 반응들일까?"

"어떻긴. 소설가 한우섭은 득달같이 달려가서 만선일보에 취직하는 추천서를 받았다는데."

"뭐라고!"

"놀랄 것 없네. 그보다 더한 사람들도 마구 친일파로 넘어가기 바쁜 판인걸."

윤일랑이 피식 웃었다.

"도대체 그 양반은 친일을 하려면 혼자서나 할 일이지."

"참 순진하긴. 단체를 만들었으니 이젠 거느리는 세력이 있어야 할 것 아닌가?"

"그 세력으로 뭘 하려고?"

"영리한 사람이 자꾸 왜 이러나? 자신의 앞길을 위해서지."

"빌어먹을, 무슨 그런 개 같은 인종이 다 있어."

"그렇지, 이제야 속 시원한 말을 한마디 하는군."

윤일랑이 빙글빙글 웃었다.

"헌데, 혹시 한우섭이는 만나 봤나?"

"뭐하러 만나. 노모가 중병이라 어쩔 수 없었다, 아이들을 굶주리게 할 수가 없었다, 문학가가 지사는 아니지 않느냐, 이따위 변절자들의 판에 박은 괴설이나 들어주려고 만나?"

윤일랑은 아이들이 구구단을 외는 것처럼 줄줄이 엮어 대고는,

"자네 혹시 그놈한테 원고료 미리 준 것 없나?" 하고 송중원을 지그시 바라보았다.

"글쎄, 좀 있긴 있는데……."

"그럴 줄 알았어. 그런 놈들한테는 악착같이 받아 내야 하네. 이젠 월급도 많이 받을 텐데 그 돈 떼먹게 둘 수는 없잖은가?"

"가까이 있는 것도 아니고 북간도 용정으로 가 버릴 사람을 무슨 수로……."

"이 사람아, 자넨 그놈의 인정이 탈이야. 용정 아니라 북경이라도 그렇지. 사흘거리로 편질 보내는 거야. 제 놈도 열 번 받으면 토해 내지 별수 있겠나?"

윤일랑은 한우섭에 대한 적의를 그렇게 표현하고 있었다.

"글쎄, 그 짓을 그거……."

"자네가 못 하겠으면 내가 자네 이름으로 대신 편지를 쓰지. 이건 단순히 돈 문제가 아니야. 우리가 할 수 있는 최소한의 응징이지. 그 돈 받기를 포기하는 건 값싼 인정주의도 못 되고 악의 조장이야, 악."

윤일랑은 악을 쓰듯 '악'에다가 힘을 썼다.

"응징이라……, 알겠네. 내가 편지하지."

송중원이 마른 입맛을 다셨다.

궁핍한 생활로 보자면 윤일랑도 얼마든지 한우섭처럼 될 수 있었다. 그가 소설을 쓰지 못하는 것은 그의 강건한 의지 때문이었다. 나운규의 〈아리랑〉 같은 작품만을 머릿속에 수십 편 담고 있으니 소설로 써 봐야 발표될 리 없었다.

조선문인협회는 두 달 전 이광수, 최남선, 김동환, 이태준, 박영희 등이 결성한 친일 문학 단체였다.

"그나저나 자넨 요새 어떤가?"

윤일랑이 이야기를 바꾸었다.

"사장이 잡지 발행에 흥미가 식었는지, 내가 싫어졌는지……, 좋지 않네."

"그자도 친일파 다 된 건가?"

"친일파까지는 모르겠고, 마음이 변해 가고 있는 건 사실이지."

"그자도 별수 없는 속물이로군."

"어쩌겠나, 윗물이 더러워져 있으니."

"혹시 잡지를 그만두는 건 아닐까?"

"그럴지도 모르지. 그만하면 만석꾼 자식으로 돈 바르게 쓴 셈이고, 잡지도 오래 해 온 편 아닌가?"

송중원의 말은 담담했다.

해거름의 거리에 몸을 웅크린 사람들이 종종걸음을 치고 있었다. 길가에는 지저분한 눈이 쌓여 있었다.

"식민의 거리에 겨울바람은 차고, 묶인 삶들은 신음하는데, 외로운 영혼의 방황은, 오늘도 어느 거리에 그림자를 드리우는가."

하늘을 올려다보고 길을 건너며 윤일랑이 읊었다.

"그거 누구 시인가?"

"누구 시긴. 그냥 나오는 대로 지껄인 거지."

쓰고 싶은 글을 쓰지 못하는 윤일랑의 괴로움이 그 즉흥시 속에 배어 있음을 송중원은 가슴 아프게 느끼고 있었다.

며칠이 지나 사장이 송중원을 불렀다.

"주간님, 오늘 밤에 몇 분하고 술자리가 있으니 동석하시지요."

"예……."

송중원은 다음 말을 기다렸다. 그러나 사장은 더 말이 없었다. 그렇다고 되짚어 무슨 술자리냐고 물어볼 수도 없었다.

그런데 술집에서 세 사람을 만나 보고 송중원은 너무 놀랐다. 철학 교수 황인곤, 소설가 이석진, 사회비평가 문신행이었다. 그들은 모두 신문에 자주 토막글을 쓰며 이름이 오르내리는 유명 인사였고, 글에 아주 모호하고도 기묘하게 친일 냄새를 풍기고 있었다.

술상이 들어왔고 기생들이 날렵하게 술을 따랐다.

"세 분을 저희 잡지의 편집위원으로 모시게 된 것을 축하하며 한잔 쭉 드십시다."

사장 민동환이 술잔을 치켜들며 목청 높여 말했다.

'뭐라고……!'

송중원은 머리가 쿵 울리면서 정신이 아찔해졌다.

'나를 이렇게 몰아내!'

송중원은 이를 앙다물고 술잔을 들었다.

"자, 앞으로 잘해 봅시다."

"예, 새 마음 새 뜻으로!"

"조선계는 더욱 잘될 겁니다."

송중원은 허허대고 껄껄거리는 세 사람의 모습을 보며 가슴이 화끈거렸다. 목에서는 피 냄새가 났다. 그러나 그들을 따라 술잔을 비웠다. 술을 넘기자 구역질이 왈칵 솟아올랐다. 송중원은 어금니를 맞물며 구역질을 참아 내려 했다. 그러나 기침까지 터지려 했다. 도저히 더 참을 수가 없어 송중원은 입을 막고 일어섰다.

송중원은 변소로 가서 숨을 헐떡거리며 토악질을 했다. 술이 다시 넘어왔다. 그 술 냄새가 마치 민동환의 말인 것처럼 역하게 느껴졌다.

"세 분을 저희 잡지의 편집위원으로 모시게 된 것을 축하하며……."

……그러니까 넌 나가라는 것이었다. 지하 고문실에서 발가벗긴 몸뚱이를 짓밟힐 때보다 더 참혹한 기분이었다. 그때는 상대가 왜놈이었다. 그런데 같은 조선 사람에게, 그것도 아우의 친구

76

에게……. 민동환은 솔직했어야 한다. 생각이 달라졌다고 미리 말했어야 한다. 그랬으면 웃는 얼굴로 헤어졌을 것이다. 어디 마음 변한 사람이 민동환뿐인가? 소위 지식인이라는 자들의 변절 경쟁은 얼마나 심한가? 가지가지 변명과 궤변을 늘어놓으면서. 그런 자들에 비하면 민동환은 오래 견디어 온 편이었다.

송중원은 손수건을 꺼내 얼굴을 닦고 머리카락도 간추렸다. 민동환이 야비한 수법을 썼으면 이쪽에서는 당당한 태도로 받아들이는 게 이기는 것이었다. 송중원은 변소에서 나왔다.

양복 윗도리와 외투가 방 안에 있었다. 기생을 시킬까 생각했다. 그러나 괜히 번잡해질 것 같았고, 당당한 태도도 못 되었다. 손수 옷을 입고 나오기로 했다.

"이젠 잠꼬대 같은 독립 운운할 때가 아닙니다. 일본과 화합을 모색할 때지요."

"그렇구말구요. 일본이 아세아의 맹주가 될 날이 목전에 닥쳤는데 눈치가 있어야지요. 일본이 내선일체를 내세운 건 우리 입장에선 고맙기도 한 거지요."

"예, 그게 조선 사람을 종으로 취급하지 않고 동등하게 받아들이는 건데, 우리한테 그 이상 더 좋은 게 없지 않습니까?"

방에서 들려오는 거침없는 말이었다.

'똥통에 구더기만도 못한 놈들……'

송중원은 방문을 옆으로 밀쳤다.

"아니, 어디 불편하신가요?"

황인곤이 눈치 빠른 척 물었다.

"아닙니다."

송중원은 무표정하게 벽 쪽으로 걸어가 윗도리를 내려서 입고 외투를 팔에 걸었다.

"아니 주간님, 왜 이러십니까?"

민동환이 고개를 돌렸다.

"오늘 일을 파면으로 받아들이겠소."

송중원의 냉정한 대꾸였다.

"아닙니다, 그게 아니고……."

"변명할 것 없소. 서로 거북하니까."

송중원은 방을 나섰다.

"아니 주간님, 그게 아니고……."

민동환의 목소리가 조금 커졌다. 그러나 따라 나오지는 않았다.

어두워진 거리의 겨울바람은 차가웠다. 송중원은 몇 번이고 찬 바람을 들이켰다. 어디 가서 술을 마시고 싶었다.

송중원은 설죽의 술집으로 갔다.

"어머 선생님, 어서 오세요."

설죽이 반색을 했다.

"나 외상술 좀 마시러 왔소."

"예, 얼마든지요. 무슨 일 있으세요?"

"흥, 아주 좋은 일이오."

송중원은 히물거리고 웃었다.

"무슨 일이신데요?"

설죽이 바싹 다가앉았다.

"나 파면당했소."

"어머!"

"오늘 술값 못 받을지도 모를 거요."

"왜 그랬어요? 그 사장도 변심했나요?"

"하, 귀신이 따로 없군. 허 형이 어째서 반했는지 이제 알겠소."

"너무 상심 마세요. 취직이야 또 하면 되니까요. 제가 곧 술상 들여올게요."

설죽이 다급하게 밖으로 나갔다.

송중원은 눈을 감았다. 허탁이 못내 보고 싶었다.

24

거룩한 죽음, 이름 없는 꽃들

관동군(일본군)은 간도·통화·길림의 동남만주 일대에서 활동하고 있는 항일연군 제1로군을 완전히 소탕하기 위한 작전을 폈다. 그 작전은 1939년 10월부터 1941년 3월까지 7만 5천 명의 대병력을 투입하는 것이었다.

이 토벌 작전에는 어마어마한 병력만 동원한 게 아니었다. 그전의 포위·차단·섬멸 작전을 강화하는 한편 '진드기 전법'을 새로 펼쳤다. 진드기 전법이란 특수 공작대를 조직해 항일연군을 추격하고 또 추격해서 끝내는 지쳐 쓰러지게 만드는 작전이었다.

일본군은 그들의 오래된 작전인 현상금도 내걸었다. 제1로군 간부들에게 막대한 현상금이 붙은 전단이 사방에 뿌려졌다. 양정우·방대근·조아범·김일성·진한장·최현에게는 1만 원, 박득범·방진성은 5천 원, 위증민·전광에게는 3천 원이 붙었다.

1941년 1월로 토벌 4개월째를 맞은 제1로군은 많은 피해를 입은 채 소부대로 나뉘어 일본군을 피하고 있었다.

제3방면군 12단 단장 천상길은 다섯 명으로 줄어든 부하들을 이끌고 노숙할 만한 곳을 찾고 있었다. 아침나절에 포위망을 뚫느라 사력을 다한 데다 종일 눈길을 걸어 부하들은 기진맥진해 있었다.

"단장님, 저거, 저거 뭡니까?"

꽁꽁 얼어붙은 부하 하나가 바위 쪽을 가리켰다.

"음, 왜놈들이 또 투항 권고문을 붙인 거겠지."

바위에 붙은 종이를 보며 천상길은 픽 웃었다.

바위 앞에 다다른 그들은 모두 소스라치게 놀랐다.

'제1로군 군장 양정우가 체포되었다. 이제 항일연군은 완전히 와해되었다. 일본군은 세계 최강, 무적의 군대다.'

그 종이 밑에는 봉투 하나가 붙어 있었다.

"단장님, 이게 정말일까요? 군장님이……."

부하 하나가 떨리는 목소리로 물었다. 다른 부하들도 불안한 눈빛이었다.

"아니야! 이건 왜놈들의 조작이야. 지금 동지들 불안하지! 바로 그 점을 노리고 왜놈들이 조작한 거야. 절대로 속아선 안 돼!"

천상길은 부하들을 바라보며 단호하게 말했다. 그게 조작이라는 확신이 없었기에 그는 더욱 강하게 부정하고 있었다.

"헌데 이 편지는 뭘까요?"

"어디 또 무슨 수작을 했는지 보자."

천상길은 두껍고 큰 종이를 북 찢으며 말했다. 편지는 연필로 씌어져 있었다.

간청서

소인의 차남 전춘생은 열아홉 살 철없는 혈기로 가출하여 항일연군에 가담했습니다. 하오나 항일연군은 대일본군의 적수가 되지 못하여 나날이 죽어 가고 있다는 소문입니다. 그 소문을 듣고 부모로서 자식이 귀한 목숨을 헛되이 버릴까 봐 애가 타고 피가 마릅니다. 그리고 옆집 김용칠이는 투항해서 아무 벌도 받지 않고 오히려 상점에 취직까지 시켜 준 일본군 덕에 장가들어 잘살고 있습니다. 그것을 보면서 소인은 춘생이 걱정으로 사는 게 사는 것 같지 않습니다. 우리 춘생이도 용칠이같이 살 수 있도록 어서 찾아 주시기를 간청드립니다.

"이런 흉악한 놈들, 제 놈들이 쓴 편지를 그대로 베끼게 했구나.

글씨를 이렇게 못 쓰는 사람이 어떻게 글은 이렇게 잘 짓나? 우리를 잡지 못하니까 이제 별 간악한 짓을 다 하는구나."

천상길은 분노에 찬 얼굴로 편지를 부하들에게 내밀었다.

편지를 받아 든 부하들이 서로 얼굴을 디밀었다.

"다 읽었나?"

눈 덮인 산을 바라보던 천상길이 부하들 쪽으로 돌아섰다.

"예, 다 읽었습니다."

부하 하나가 편지를 내밀었다.

"어떤가, 내 말이 맞나 틀리나?"

천상길은 편지를 북 찢으며 부하들을 둘러보았다.

"예, 단장님 말씀이 맞습니다."

"글씨에 비해 글을 잘 쓴 게 수상해요. 틀림없이 조작된 겁니다."

응답은 이렇게 했지만 부하들의 얼굴은 밝지 않았다.

"왜놈들은 무슨 수를 써서든 우리를 망치려고 하니까 속아 넘어가선 안 돼. 알겠나!"

천상길은 엄한 눈초리로 부하들을 훑었다.

"옛."

부하들이 차려 자세를 취했다.

"좋아. 어두워지기 전에 빨리 노숙처를 찾자. 출발."

천상길의 판단은 틀리지 않았다. 제1로군 군장 양정우는 체포되지 않고 엄연히 경호대의 보호 속에 부대를 총지휘하고 있었다. 편지도 가족에게 베껴 쓰기를 강요해서 만들어 낸 조작이었다. 일본군은 토벌전과 심리전을 함께 펼치고 있었던 것이다.

그들은 한참을 더 걸어 남쪽 비탈에 박힌 바윗덩이를 찾아냈다. 북풍 막이에 안성맞춤이었고, 등성이가 가까워 만일의 사태에 신속하게 대처할 수 있는 곳이었다.

그들은 바위를 등지고 앉았다. 천상길이 배낭에서 조그마한 광목 자루를 꺼냈다.

"자, 저녁들 먹어야지."

천상길이 자루에 손을 넣었다.

부하들이 헐어 빠진 장갑들을 벗고 두 손을 모아 바가지를 만들었다. 천상길이 옆의 부하의 손 바가지에 자루에서 꺼낸 수수를 한 주먹 흘려주었다.

그들은 손 바가지에 입을 대고 날수수를 먹기 시작했다.

어둑살과 함께 바람이 일고, 잎 떨어진 실가지들 사이로 별들이 돋아났다. 어둠 저 멀리 줄을 선 불빛들도 나타났다. 일본군의 야영지였다.

"누구 나하고 보초 설 사람."

천상길의 말에 부하 하나가 나섰다.

"다른 사람들은 이제 자도록."

네 사람은 솔가지 위에 나란히 누웠다. 그리고 두루마리 담요 한 장을 펴서 덮었다. 그들은 영하 40도의 혹한 속에서 곧 잠이 들었다.

보초는 한 시간 간격으로 두 사람씩 교대했다. 동사를 막기 위해서 간격이 짧았다. 자정 무렵이었다.

탕! 탕!

두 보초가 잠든 누군가에게 총을 쏘았다. 그리고 그들은 어둠 속으로 도망치기 시작했다.

"으으으……, 으윽……."

어둠 속에서 고통스러운 신음 소리가 울렸다.

"단장님이다!"

"아니, 단장님을!"

신음 소리가 끊어졌다. 어둠 속에서 바람 소리만 거칠었다.

한편, 경위여단에는 긴급사태가 벌어졌다. 포위망을 돌파하는 과정에서 참모장 정수룡이 일본군에 체포된 것이었다. 제1로군의 정보가 토벌대에게 고스란히 넘어가게 된 위기였다.

방대근은 긴급 연락대를 편성해 직접 지휘를 맡았다. 참모장에게 캔 정보로 토벌대가 공격해 오기 전에 각 방면군에게 이동하라는 명령을 전해야 했다. 방대근은 연락병을 두 명씩 방면군마다 띄웠다. 그리고 행군을 계속하면서 2차로 연락병들을 보냈다.

만일의 사태에 대비하기 위해서였다.

방대근은 부하 네 명을 데리고 미리 정해 둔 두 군데 비상 지점에서 연락병들을 만났다. 예정된 엿새째까지 무사히 돌아온 연락병은 여덟 명이었다. 4명이 변을 당한 것이었다.

"자, 지금부터 본대를 찾아간다. 모두 단단히 각오하도록!"

방대근이 부하들에게 비장하게 말했다.

방대근 부대는 이틀 동안 산줄기를 넘고 또 넘었다. 하지만 부대를 찾지 못했다.

사흘째 되는 날 방대근은 어느 등성이에서 20여 구의 시체를 발견했다. 경위여단 대원들이었다.

방대근은 정신없이 시체들을 확인했다. 혹시 조카 삼봉이가 있지 않나 해서였다. 삼봉이가 후방대에서 전투대로 옮긴 것이 1년 반이었다. 다행히 삼봉이는 없었다.

20여 명이 한꺼번에 죽었다는 것은 경위여단의 정보가 새 나갔다는 뜻이었다. 그렇지 않고서야 그 많은 사람이 몰살당할 리 없었다.

'또 어떤 간부가 체포되었나? 아니면 누가 또 투항을 했나……?'

방대근은 어지러웠다.

부하들은 두려움에 찬 얼굴로 대장의 눈치만 살폈다.

이튿날 또 열 구가 넘는 시체를 발견했다. 방대근은 눈앞이 캄

캄했다. 이동 중에 집중 공격을 받은 게 분명했다. 정보가 누출된 게 틀림없었다.

방대근은 또 시체를 확인해 나가기 시작했다.

"아니, 삼봉아!"

어느 시체의 얼굴을 들어 보던 방대근이 부르짖었다.

오삼봉은 눈에 엎드린 채 죽어 있었다. 그의 손가락은 방아쇠에 걸려 있었다.

방대근의 흐려진 시야에는 큰누나의 얼굴이 떠올랐다. 고생으로 시든 꽃이 되어 있던 그 모습이 가슴을 쓰리게 했다. 방대근은 눈으로나마 조카를 덮어 주었다.

방대근 부대는 하루에 한 주먹씩 나누어 먹던 잡곡마저 바닥이 났다. 그들은 눈으로 배를 채워 가며 이틀을 더 헤맨 끝에 십여 명의 대원을 만날 수 있었다. 그 부대는 정치위원인 중국 사람 한인화가 이끌고 있었다.

"우리 경위여단은 산산조각 났습니다. 호위 분대장 놈이 부대 자금 만 원까지 훔쳐서 투항을 해 버렸지 뭡니까? ……참 우리 중국놈들 하는 짓하고는, 조선 동지들한테 얼굴을 들 수가 없습니다."

정치위원의 침통한 말이었다.

"그럼 군장님은 어찌 됐습니까?"

방대근은 충격과 함께 양정우 장군의 안부를 물었다.

"사력을 다해 찾고 있는데, 행방불명입니다."

정치위원이 고개를 떨구었다.

방대근은 할 말을 잃었다. 대장이 행방불명된 부대……, 경위여단은 이미 난파선이었다.

"방 동지, 이제 어쩌면 좋겠소?"

정치위원이 한숨을 내쉬었다.

"계속 군장님과 대원들을 찾아야지요. 군장님도 우릴 찾고 계실 겁니다."

방대근은 지체 없이 힘주어 말했다.

"고맙소. 그렇게 합시다. 이제 방 동지와 합류했으니 경위여단은 살아난 것이오."

정치위원의 목소리가 떨리고 있었다.

그들은 식량을 구하기 위해 집단부락을 습격해 가며 열흘이 넘도록 양정우를 찾아 다녔다. 그러나 양정우는 보이지 않았다.

"1방면군 쪽으로 이동하는 것이 좋을 것 같소."

정치위원이 꺼낸 말이었다. 양정우 찾기를 포기하자는 뜻이었다. 그가 죽었다고 생각하는 것이었다.

"예, 그러지요."

방대근은 동의했다. 그동안 뒤질 만큼 다 뒤졌고, 살아 있다면 못 만났을 리 없었다.

1방면군 쪽으로 이동한 방대근은 송가원부터 찾았다.

"송 동지, 무사했소 잉!"

"아니, 방 대장님 아니십니까!"

두 사람은 얼싸안았다.

수염이 더부룩한 송가원은 양쪽 볼이 푹 파일 만큼 얼굴은 말라 있었다. 방대근은 그런 송가원의 모습에서 강인함과 함께 송수익 선생을 보고 있었다.

"여기까지 어쩐 일이십니까?"

송가원이 반가움 넘치는 얼굴로 물었다.

"도망 왔소."

방대근이 씨익 웃었다.

"이쪽보다 공격이 심한 모양이지요?"

"아니오, 변절자 때문에 경위여단은 궤멸 상태가 되야 부렸소."

"그것 참······."

송가원은 놀라지 않았지만 괴로운 듯 얼굴을 찡그렸다.

"왜놈들 작전이 맞어 들어가고 있소."

방대근이 쓴 입맛을 다셨다.

"그놈들, 영리하다고 해야 할지 교활하다고 해야 할지. 올해는 여자 사진에 옷까지 내걸지 않았습니까? 최악의 조건에서 시달리는 젊은 사람들 앞에 그따위 짓들을 하니······."

송가원은 고개를 저었다.

"근디 만약에 무슨 일이 생기면 길림으로 가시오."

방대근이 낮은 목소리로 말했다.

"그렇게 전망이 안 좋은가요?"

송가원은 부대들이 위기에 빠져 있다는 것을 알고 있었지만 막상 그런 말을 들으니 더 절망스러웠다.

"시방 어떤 부대고 풍전등화요."

방대근은 말을 끝내기 바쁘게 자리를 떴다.

그때 수국이가 속해 있는 이동 후방대는 이틀 전부터 일본군에게 쫓기고 있었다. 안전지대를 골라 가며 전투병들 뒷바라지를 하던 후방대의 아지트가 일본군에게 발각된 것이었다.

후방대 23명 중 남자는 여섯뿐이었다. 그들마저도 부상 치료를 받았거나 몸이 약한 사람들이었다. 그런데 그들을 쫓는 일본군은 200여 명이었다.

후방대원들은 일본군을 떼치기 위해 이틀 밤을 한숨도 자지 않고 눈보라 치는 산을 줄기차게 타 넘었다. 그러나 일본군은 끈질기게 쫓아오고 있었다. 진드기 전법이었다.

사흘째 되는 날 그들은 더 견디지 못하고 한숨씩 자기로 했다. 눈보라는 치고, 먹을 것은 날곡식뿐인 데다가 잠까지 못 자 기진맥진해져 있었다. 그들은 바위를 등지고 서로 붙어 앉아 절반씩 교대로 눈을 붙였다. 총을 끌어안은 수국이와 필녀는 눈보라 치는 혹한에도 아랑곳없이 눈을 감자마자 잠이 들었다.

"양식은 떨어져 가고, 안 되겠소. 유인작전을 써 봅시다."

날이 밝자 후방대장이 말했다.

발이 빠르고 총을 잘 쏘는 사람 여덟 명을 골랐다. 가장 먼저 나선 사람은 필녀였다. 나이 든 필녀가 나서자 젊은 여자들이 다투어 나섰다.

"니는 안 돼야."

필녀가 달래듯 웃으며 한 여자의 가슴을 손으로 막았다.

수국이는 필녀를 노려보다 물러섰다.

"자, 나머지 대원들은 왼쪽 등성이를 타고 가시오. 이따 만납시다."

후방대장이 출발을 명령했다.

유인조는 후방대의 반대 방향으로 움직이며 일부러 모습을 드러냈다. 일본군이 보이자 사격을 했다. 일본군은 곧바로 응사해 왔다. 유인조는 더욱 빨리 이동하며 산등성이를 하나 넘었다. 그리고 총소리를 뚝 끊었다. 그들은 골짜기 쪽으로 위장 발자국을 냈다. 그런 다음 방향을 반대쪽으로 틀어 사력을 다해 내달았다.

그렇게 해서 다소 안심하고 하룻밤을 보냈다. 그러나 일본군은 여전히 쫓아오고 있었다.

그런데 아껴 가며 먹던 양식이 동나고 말았다. 날곡식이나마 입에 넣지 못하게 되자 그들은 티 나게 지쳐 갔다. 행군 속도가 느려지고 쓰러지는 사람까지 생겼다. 그럴수록 일본군의 위협은 가까워졌다.

그들은 다시 유인작전을 펼쳤다. 그러나 몇 시간의 여유가 생겼을 뿐 일본군은 계속 쫓아왔다.

7일째 되는 날 그들은 일본군과 맞설 수밖에 없었다. 일본군에게 따라잡히고 만 것이었다.

"다들 힘내시오. 조금만 더, 조금만 더 위로 올라갑시다!"

후방대장은 조금이라도 유리한 자리를 찾으려고 대원들을 독려했다. 일본군은 벌써 총을 쏘며 산비탈을 오르고 있었다.

"됐소, 여기 엎드리시오. 다음 대원……."

후방대장은 대원들의 사격 위치를 정해 나갔다.

일본군이 차츰 사격권 안으로 들어오고 있었다. 필녀는 총을 더 바짝 끌어당겼다. 수국이는 바로 그 옆에서 방아쇠에 손가락을 걸었다.

탕!

"사겨억 개시!"

대원들이 방아쇠를 당기기 시작했다. 눈보라 속에 총소리가 요란하게 울렸다. 일본군이 여기저기서 픽픽 쓰러지고 고꾸라졌다.

'그려, 그려, 느그들 죽고 나 죽자!'

필녀는 방아쇠를 당길 때마다 이를 갈아붙였다.

'엄니, 엄니……'

수국이는 일본군이 쓰러질 때마다 어머니를 불렀다. 비로소 어머니의 원수를 제대로 갚는 기분이었다.

콰!

수류탄이 터졌다. 섬광이 치뻗어 오르고, 비명 소리가 뒤엉켰다.

"워메!"

필녀가 소리치며 왼쪽으로 고개를 돌렸다.

콰!

필녀와 수국이의 몸이 들썩했다.

수류탄이 연거푸 터지고 후방대원들 쪽에서는 더 이상 총소리가 울리지 않았다. 일본군이 소리를 지르며 내달아 왔다.

탕! 탕!

그 때 두 방의 총성과 함께 일본군 두 명이 나뒹굴었다.

두 다리가 절반씩 없어진 여자가 바위에 기댄 채 총을 쏘고 있었다. 필녀였다.

일본군의 총이 필녀에게 집중되었다. 필녀는 총을 떨구며 눈 위에 머리를 박았다.

"서언새앵니임……."

필녀는 철망 사이로 자신의 손을 잡아 주는 송수익 선생을 보고 있었다.

3월이 중순을 넘기면서 날씨는 완연히 풀렸다. 방대근은 여섯 명으로 줄어든 부하를 이끌고 동만주 돈화 북쪽에 이르렀다. 적과 싸우고 피하면서 1,500리를 이동해 온 것이다.

그곳에서 방대근은 제5로군 소속 항일연군 1개 분대를 만났다.

"이 길로 소련으로 이동하시오. 우리도 곧 소련으로 갈 거요."

중국인 분대장의 말이었다.

"그게 무슨 소리요? 누가 그런 결정을 내렸단 말이오?"

방대근은 믿을 수가 없어 연달아 물었다.

"우리 군장님이시오. 대원들에게 널리 알리라고 하셨소."

"주보중 군장님께서……."

방대근은 항일연군의 활동이 이제 막을 내렸음을 알았다. 주보중 장군의 결정이라면 곧 당의 결정이었다. 주보중 장군은 제5로군과 함께 동북항일연군의 총사령관을 맡고 있었다.

'소련으로 후퇴……?'

방대근은 고개를 저었다. 자유시 참변의 기억이 너무나 뚜렷하게 남아 있었다. 다시 그런 일을 당할 수는 없었다.

방대근은 하룻밤을 골똘히 생각했다. 항일연군은 이제 궤멸 상태였다. 소련으로 가지 않으려면 그 반대쪽으로 가야 했다. 그쪽 어딘가에 지난날의 의열단 세력과 김원봉이 있을 것이었다. 그렇다면 부하들은 어찌할 것인가? 그쪽은 중국과 일본이 한창 전쟁 중이었다. 무장 대원 일곱 명이 일본군의 경계를 뚫고 가기란 완전히 불가능한 일이었다.

방대근은 다음 날 아침 부하들을 모았다.

"동지들, 여러분도 알고 있겠지만 항일연군은 소련으로 후퇴허고 있소. 인제 항일연군이 만주에서 헐 일은 끝난 것이오. 헌디 내 생각으로는 소련으로 가 봤자 할 일이 없을 것 같소. 그래서 나는 안 가기로 작정혔소. 동지들헌티 남은 길은 두 가지요. 첫째는 소련으로 가는 것이고, 둘째는 각자 집으로 돌아가 후일을 기약허는 것이오. 동지들 뜻에 맡길 것이니 선택허시오."

부대 해산을 알리는 말이었다.

대원들은 말이 없었다.

"어째 말들이 없소?"

"말하나 마나 대장님이 안 가시는데 누가 소련에 가겠습니까?"

어느 대원의 단호한 말이었다.

방대근은 대원들을 살펴보았다. 모두 같은 뜻이었다.

"알겠소. 그러면 우리 후일을 기약허고 여길 뜹시다."

방대근은 착잡하게 말했고, 대원들은 모두 고개를 떨구었다.

25

뿌리 뽑기

산은 험하고 골짜기는 깊었다. 인적 없는 산속 어디선가 으스스한 바람이 불어왔다. 갑자기 괴기스러운 새 울음소리가 들렸다. 흐느끼는 듯한 새 울음소리는 차츰 커지면서 골짜기를 울렸다. 소름이 끼치고 무서워 귀를 막으려 했다. 그러나 손이 올라가지 않았다. 그런데 새 울음소리가 뚝 그치더니 여자들 웃음소리가 터져 나왔다. 마치 비명같이 날카로운 여자들의 웃음소리가 골짜기를 울렸다. 그 웃음소리는 새 울음소리보다 더 소름 끼치고 무서웠다. 여자들의 웃음소리가 뚝 그쳤다.

그리고 느닷없는 소리가 울렸다.

"어엄니이―, 어엄니이―."

서럽고 애타게 골짜기를 울리는 삼봉이의 목소리였다.

'삼봉아, 어디 있는겨? 삼봉아, 얼른 나오니라. 에미 여기 있다.'

그러나 목이 터져라 소리쳐도 목소리는 나오지 않았다.

"엄니, 엄니, 엄니……."

삼봉이의 목소리가 다급해졌다. 소리 나는 쪽으로 고개를 돌렸다.

'삼봉아, 삼봉아, 삼봉아!'

삼봉이는 피를 철철 흘리며 붙들려 가고 있었다. 삼봉이가 걸친 하얀 옷은 피범벅이었고, 검은 옷을 펄럭이며 삼봉이를 끌고 가는 두 사람은 뒷모습밖에 보이지 않았다.

삼봉이는 검은 사람들에게 붙들려 골짜기 위로 붕붕 떠가고 있었다.

"삼봉아! 삼봉아! 삼봉아!"

그때서야 목소리가 터져 나왔다.

"어엄니이―, 어엄니이―."

삼봉이의 서럽고 애타는 목소리는 점점 멀어지고 있었다.

"삼봉아! 삼봉아! 삼봉아!"

멀어지는 아들을 미칠 듯한 심정으로 불러 댔다.

"엄니, 정신 차리소. 엄니, 어째 또 이렁가?"

어머니의 외침에 놀라 잠이 깬 금예가 어머니를 흔들었다.

"으응? 엉……?"

보름이는 벌떡 일어나 앉으며 두리번거렸다.

"엄니, 또 오빠 꿈 꿨능가? 요 땀 좀 보소."

금예는 횃대에서 광목 수건을 내려 어머니의 이마로 가져갔다.

"시방 얼마나 되았능고……?"

보름이는 수건을 받아 들며 힘없이 중얼거렸다.

"하마 닭 울 때가 되았을 것잉마."

금예는 무슨 꿈이냐고 묻고 싶었지만 꾹 참았다. 해 뜨기 전에 는 꿈 이야기를 묻지도 답하지도 않는 법이었다.

"니 더 자거라."

보름이는 딸에게 말하며 이마의 식은땀을 훔쳤다.

"엄니……."

금예는 나직하고 정답게 어머니를 불렀다.

"그려……."

보름이는 달빛 젖은 방문을 멍하니 바라본 채 대답했다.

"동걸이 학생이 곧 일본으로 떠난다는디, 우리 집에서 밥이라 도 한 끼니 차려야 인사 아니겠능가?"

딸의 생각이 대견해서 보름이는 마음 한구석이 밝아졌다. 그 러나 한편으로 얘가 딴 생각을 품고 있나 하는 생각이 문득 스 쳤다.

"이, 그러면 좋제."

그러나 보름이는 내색하지 않고 고개를 끄덕였다.

"그럼 날은 내가 잡을라네. 동걸이 학생헌티 물어보고."

금예의 목소리가 금세 달떴다.

'못 오를 나무는 쳐다보지 말어.'

딸에게 이 말을 하고 싶었지만, 딸의 마음이 상할까 봐 차마 입 밖에 낼 수는 없었다.

자신이 오월이와 친한 사이이면서도 삼봉이를 은실이에게 주기를 꺼렸듯, 홍 씨도 자신에게 그리 후덕하게 하면서도 아들 동걸이와 금예가 짝짓는 것은 결코 원하지 않을 것이었다. 혼자 키운 외아들인 데다가 일본으로 대학까지 보내는 입장이었고, 지체까지 달랐다.

보름이는 꿈 생각을 하며 또 후회를 곱씹었다. 아들의 고집을 꺾어 손자 하나는 얻었어야 했다. 아들이 그렇게 무서운 일을 하는 줄 까맣게 몰랐고, 혼인을 일찍 하는 게 흉이라는 아들의 말에 솔깃했던 것이 탈이었다.

보름이는 하르르 한숨을 내쉬었다. 또다시 아들을 잊자고 생각했다. 어차피 아들은 그렇게 살다 가도록 되어 있었다. 자신이 그렇게 이끌었고, 시아버지와 남편이 바라는 길이었다.

"아이고, 날 샜응게 물이나 길러 가야 쓰겄네. 아짐씨도 일어났겄네.”

금예는 자리를 털고 일어났다. 금예가 말하는 아짐씨는 홍 씨였다.

홍 씨를 만난 것은 만주를 다녀온 운봉 스님을 따라 포교당에 머물러 있을 때였다.

“어뗘시오? 나도 외롭고 헝게 가차이서 함께 사는 것이.”

운봉 스님에게 사연을 다 듣고 나서 홍 씨가 한 말이었다.

그 선선한 말이 하도 뜻밖이라 믿어지지 않을 지경이었다.

“한 입도 아니고 두 입이 어찌 그런 폐를⋯⋯.”

물론 놀고먹지는 않겠지만 두 입이 얹힌다는 것은 예삿일이 아니었다.

“폐라 생각 말고 다 부처님 뜻이라고 생각허시오.”

홍 씨의 담담한 말이었다.

“그리 생각허시면 더 좋을 것이 없겠구만요. 집안일 농사일 두루 도와 가면서 두 보살님이 말동무허고 사시면 서로 적적허시지도 않고라.”

운봉 스님이 거들고 나섰다.

보름이는 운봉 스님의 말을 따르기로 했다. 그렇게 하면 운봉 스님한테 폐를 끼치지 않을 수 있었다. 운봉 스님은 가게 차릴 돈을 장만하고 있던 참이었다. 절집에 그런 큰돈을 신세진다는 것은 애초부터 내키지 않았다.

"한집에 살면 나야 좋지만 금예 엄니가 몸도 맘도 편편치 않을 것잉게……."

홍 씨는 이렇게까지 마음을 써서 집부터 장만해 주었다. 운봉 스님이 돈을 보태려 했지만 홍 씨는 고개를 저었다.

금예는 두레박질을 하면서 여자들이 하는 말을 듣고 있었다. 우물가에서 여자들의 잡다한 이야기를 듣는 건 물 긷는 재미 중 하나였다.

"그놈의 창씨개명인지 뭣인지는 어쩌라는 것이여?"

어떤 여자의 말이었다.

"빌어먹을, 낫 놓고 기역 자도 모르는 일자무식이 한문을 어찌 알고 이름을 바꿀 것이여."

"참, 염병 지랄도. 경방단을 짜라, 방공 훈련을 혀라, 폐품을 내라, 밥 적게 먹고 일 많이 혀라, 고것도 모자라 인제 이름까지 갈라는 것이여?"

"별수 있간디, 나라 없는 백성이."

여자들은 한숨을 쉬었다.

물을 다 길은 금예는 물동이를 이고 고샅길로 접어들었다. 그런데 한 남자가 불쑥 나타났다. 그 남자는 물동이를 잡느라고 치켜 올린 금예의 두 팔을 붙들더니 쪽 소리가 나게 입을 맞추었다. 그러고는 옆 고샅으로 달아나기 시작했다.

"저런 쌔를 빼놓을 놈, 어디 잡히기만 혀 봐라. 낯짝을 와드득 쥐어뜯어 내 천(川) 자를 내 놓을 것잉게."

어찌할 틈도 없이 일을 당한 금예는 남자의 뒤에다 대고 소리를 질렀다. 성질 같아서는 쫓아가서 뒷덜미를 낚아채고 싶었지만 물동이를 이고 있어 그럴 수가 없었다. 금예의 마음은 홍 씨의 아들 동걸이에게 가 있는데 그 집 머슴 필룡이가 느닷없이 그 짓을 하고 들었으니 부아가 날 만도 했다.

한편, 홍 씨는 창씨개명 때문에 고심하고 있었다. 창씨개명을 하지 않는 자들은 불령선인이고, 그 자식들은 학교에 입학을 금지한다고 했다. 그런데 아들 동걸이는 대학 입학을 앞두고 있었다. 그것도 조선에 있는 대학이 아니라 일본으로 유학을 가는 것이었다.

'공허 스님이 살아 계신다면 이런 때 어찌했을까?'

홍 씨는 공허 스님에게 의논하는 마음으로 생각해 보았다. 호탕하게 웃으며 적당히 고쳐서 학교에 보내라고 할 것도 같고, 범눈을 무섭게 뜨며 절대로 안 된다고 할 것도 같았다.

"동걸이, 동방의 큰 인물이 되라고 지은 이름이오."

이름이 적힌 한지를 펼쳐 놓으며 공허 스님이 껄껄 웃었었다. 그 두 글자를 보는 순간 아침 해가 뜨는 것 같았다. 그런데 이름뿐 성이 없었다. 자신도 묻지 않았고 공허 스님도 입을 떼지 않았다.

　이름 두 자만 적은 공허 스님의 침묵은 무엇인가? 그건 가고 없는 남편의 성을 붙이라는 뜻이었다. 그래서 동걸이의 성은 전(田)씨가 되었다.

혼자 걱정하던 홍 씨는 아들이 전주에서 돌아오자 창씨개명 이야기부터 꺼냈다.

"엄니, 걱정 마시고 이 글을 좀 들어 보시씨요. 유명헌 소설가 이광수라는 사람이 제일 먼저 창씨개명을 허면서 신문에 쓴 글이구만이라."

동걸이는 앉음새를 단단히 하며 신문을 펼쳐 들었다.

"내가 향산으로 성을 만들고, 광랑이라고 일본적인 이름으로 바꾼 동기는 황송한 말씀이나 천황의 어명과 독법을 같이하는 성과 이름을 가지자는 것이다. 나는 깊이깊이 내 자손과 조선 민족의 장래를 고려한 끝에 이리하는 것이 당연하다는 굳은 신념에 도달한 까닭이다. 나는 천황의 신민이다. 내 자손도 천황의 신민으로 살 것이다. 이광수라는 씨명으로도 천황의 신민이 못 될 것이 아니다. 그러나 향산광랑이 좀 더 천황의 신민답다고 나는 믿기 때문이다. 엄니 들으시기에 어떠신게라?"

동걸이는 웃으며 어머니를 쳐다보았다.

"아이고, 그 사람 넋 나간 것 아니다냐? 왜놈 되고 싶어 환장헌 것 아니여?"

홍 씨의 얼굴이 일그러졌다.

"예, 그렇구만요."

"쯧쯧쯧……, 그런 글을 써서 무슨 영화를 보는지 몰라도 원……."

홍 씨는 고개를 내젓고는, "그나저나 니는 어째야 쓰겄냐?" 하
고 아들을 근심스럽게 바라보았다.

"호랭이 잡을라면 호랭이 굴에 들어가야제라."

동걸이의 다부진 말이었다. 그의 선 굵은 얼굴은 공허 그대로
였다.

"그렇기년 헌디, 그럼 어찌 고칠라고?"

홍 씨의 얼굴은 더 근심스러워졌다.

"엄니, 아무 걱정 마시게라. 전(田) 자 앞에다가 큰 대(大) 자 하
나만 턱 놓으면 되는구만이라. 왜놈들 즈그가 발광을 혀봤자 우
리 성씨만 크고 높게 해 주는 것잉게요. 대전동걸, 지가 큰 인물
같지 않은게라? 하하하하……."

동걸이는 고개를 젖히며 통쾌하게 웃었다.

그 웃음소리며 웃는 모습에서 홍 씨는 공허 스님을 보고 있었다.

26

귀향의 뜻

"거기가 법원의 자료집을 발간하는 곳일세."

"법원……?"

술잔을 들다 말고 송중원은 홍명준에게 의아스러운 눈길을 보냈다.

"신경에 거슬리나? 허나 걱정 말게. 자네가 써야 할 글도 없고, 딴 사람들한테 글을 청탁하는 일도 없으니까. 자넨 주는 자료로 책만 만들면 돼."

홍명준은 미리 준비해 둔 말을 한달음에 쏟아 놓았다.

"재판에 관계되는 자료들인가?"

송중원의 눈길은 여전히 의아스러웠다.

"대개 그렇지."

"그럼 조선 사람들 것이 태반이겠군. 엉터리 재판 기록이 많겠네."

송중원의 말은 담담했지만 입가에 쓴웃음이 언뜻 스쳤다.

"형편이 급한데 복잡하게 생각하지 마. 보수도 괜찮으니까 눈 딱 감고 일해 봐."

홍명준은 술잔을 비우며 송중원의 눈치를 살폈다.

"……좀 더 생각해 볼 테니, 그 얘긴 그만하고 술이나 마시세."

송중원이 술잔을 들며 희미하게 웃었다.

홍명준은 섬찟했다. 송중원의 초췌한 얼굴을 스치고 지나가는 차가운 웃음은 분명 거절이었다. 다만 말을 부드럽게 할 뿐이었다. 송중원의 실직을 걱정하던 설죽이 일삼아 알아본 자리였다. 송중원을 만날 때까지만 해도 거절은 생각지도 않았다. 그러나 송중원은 몸이 나빠 활동을 안 하고 있을 뿐 허탁과 조금도 다를 게 없었다. 생활의 어려움에 빠져 있으면서도 보수 좋은 자리를 거절하는 그 독기.

"그래, 그런 자리가 자네 기질에 안 맞을지도 모르지."

홍명준은 이야기를 마무리 짓듯 말했다.

"기질의 문제가 아니라 근본의 문젤세."

홍명준을 똑바로 보는 그 눈이 형형하게 빛나고 있었다.

그때 방문을 똑똑 두들기고는 설죽이 들어왔다.

"술 모자라지 않으세요?"

설죽이 상 옆구리에 앉으며 두 사람을 번갈아 보았다.

"송 형이 더 생각해 보겠다는데."

홍명준이 설죽을 보며 씁쓰레하게 웃었다.

"어디 놀이 가는 것도 아닌데 당연히 신중하게 생각해야지요."

설죽은 눈치 빠르게 말하며 홍명준에게 눈을 깜박거렸다.

"그건 그렇고. 설죽은 창씨개명을 했나?"

홍명준은 이야기를 빨리 돌리려 불쑥 물었다.

"관공서 등쌀에 하긴 해야겠어요. 안 하면 이 장사도 못해 먹게 한대잖아요."

"이 장사까지?"

홍명준은 놀라고는, "그럼 뭐라고 바꿀 건가?" 하고 물었다.

"그야 쉽지요. 향산설자."

"향산설자? 무슨 뜻인가?"

"무슨 뜻이긴요. 소설가 이광수가 가르쳐 준 대로 성은 향산, 이름은 설죽에서 설자로 바꾼 거지요. 우리 집 애들은 다 그렇게 하기로 했어요."

"아하하하……."

송중원이 느닷없이 웃음을 터뜨렸다.

"그거 참 묘안일세."

홍명준도 따라 웃었다.

"역시 이광수는 가련한 조선 민족과 미련한 대중을 위해 공헌을 많이 하는구만. 그가 바라는 대로 되고 있으니 이 얼마나 좋은가?"

송중원은 꼭 참말을 하는 것처럼 정색했다.

"아이 송 선생님, 저 같은 바보는 속겠어요."

설죽이 곱게 눈을 흘겼다.

"허, 죽이 잘 맞네."

홍명준이 껄껄거리고 웃었다.

송중원과 홍명준은 취해서 술자리에서 일어섰다. 밖으로 나와 홍명준은 변소로 갔고, 송중원은 쪽마루에 걸터앉아 구두를 신고 있었다.

"선생님, 이거……."

설죽이 반으로 접은 편지 봉투를 송중원의 주머니에 넣으려 했다.

"이게 뭐요!"

송중원이 설죽의 손을 내치며 노려보았다. 그 눈이 술 취한 사람 같지 않았다.

"허 선생 뜻이에요."

설죽은 봉투를 송중원의 주머니에 깊이 넣었다.

홍명준과 헤어진 송중원은 밤 깊은 거리를 터덕터덕 걸었다.

그동안 몇 군데 취직자리가 나왔었다. 탐정소설이나 애정 소설들만 싣는 삼류 대중잡지, 완전히 친일로 기운 종합잡지, 흥미 위주의 일본 소설이나 번역해서 찍어내는 출판사, 일본글 번역하는 일 따위였다. 이제 더는 알아볼 곳도 없었고, 알아볼 필요도 없었다. 마지막 남은 길은 하나였다.

'그래, 가야지. 서울을 떠나야지……'

송중원은 고향으로 돌아가는 길밖에 없다고 또 스스로를 일깨웠다. 그러나 고향으로 간다 해도 땅 단 한 마지기 없었다. 그래도 고향으로 가야 했다. 서울에 더 있다간 굶어 죽든지 지식을 팔아먹든지 막다른 골목이 있을 뿐이었다.

취한 송중원의 눈앞에 큰아들 준혁이의 모습이 떠올랐다.

"걱정 마세요. 대학은 제가 1년 동안 벌어서 가겠습니다."

일본으로 유학을 가려던 준혁이는 제 친구 아버지가 하는 제분 공장에 취직했다. 그런데도 준혁이는 아무런 불평도 하지 않았다. 준혁이는 농과대학을 지망하고 있었다. 조선은 농민이 가장 많고, 농민을 살리는 길이 조선을 살리는 길이라고 믿고 있었다. 그 생각은 스스로 터득한 것이라기보다 어떤 영향을 받은 것 같았다. 그런 생각을 품고 있는 아들이 대견하지 않을 수 없었다.

'아아, 준혁이가 벌써 대학 갈 나이가 되다니……'

1921년 감옥에서 나와 에미 등에 업힌 갓난애 준혁이를 본 게 엊그제만 같았다. 꽉꽉하고 고단한 세월이었는데도 흐르고 보니 허망하도록 빨랐다.

아침에 잠에서 깨어난 송중원은 양복에서 봉투를 꺼냈다. 봉투에서 돈을 꺼내 본 송중원은 깜짝 놀랐다. 용돈 일이십 원인 줄 알았는데 100원이었다. 그리고 쪽지 하나가 방바닥에 떨어졌다.

자네 소식 듣고 마음 무겁네.

변하는 인심 탓하지 마세나. 사람은 어차피 그런 것이되 그렇지 않은 사람이 더 많다는 것을 믿세. 2천만 중에서 마음 변한 자는 150만. 마음 변하지 않은 사람이 얼마나 많은가? 우린 든든하고 배부르네.

건강 살피고 강건하기를!

탁

편지를 읽는 송중원의 가슴이 뜨거워졌다.

보름쯤 지나 송중원은 식구들과 남행 열차에 몸을 실었다. 그는 기차 안에서 앞으로 살아갈 일을 곰곰이 생각했다. 생각지도 않게 논을 몇 마지기나마 마련하게 되어 마음이 가벼웠다. 장인의 편지에는 만주로 이민 가는 사람들이 많아 집값이 헐값이라고 했다. 그런데 서울에는 인구가 몰려들어 집값이 많이 올랐다. 서울 집을 판 돈으로 집과 논을 장만할 수 있게 된 것이었다. 설죽이 준 돈은 생활비와 이사 비용으로 썼다.

송중원 가족은 전주역에서 내렸다.

"워메, 아부님이!"

하엽이는 개찰구 저쪽에 의관 차림으로 뒷짐을 지고 서 있는 아버지를 보고 놀랐다. 그 옆에는 남동생 기범이도 있었다.

"멀리까지 뭐하러 나오셨습니까?"

송중원은 장인 앞에 깊이 절했다.

"멀기는, 원족 삼아 나왔제. 먼 길 다 무사허고?"

신세호는 온화하게 웃으며 사위와 딸, 외손들을 둘러보았다.

"예, 준혁이는 말씀드린 대로 서울에 두고, 다른 애들은 별 탈 없습니다."

송중원이 어려워하며 대답했다.

"그려, 잘 내려왔네. 가세."

신세호가 고개를 끄덕이며 돌아섰다.

"매형이 농사짓는다는 것이 참말잉게라?"

처남 신기범이 누나 옆에 놓인 트렁크를 들며 씨익 웃었다. 그 그을린 얼굴이며 골격이 아버지 신세호와는 달랐다. 건장한 것이 외탁이었다.

"그럴 작정인데 자네가 선생님이 돼 주게."

송중원은 일부러 쾌활하게 말하며 웃었다.

"월사금을 톡톡히 내셔야 허는디요."

신기범이 걸음을 옮겨 놓았다.

"암, 내구말구."

그들은 소리 맞춰 웃으며 역 밖으로 나갔다.

송중원은 처남과 함께 집을 구하고 논을 장만하느라 열흘이 넘게 바삐 보냈다. 집이 워낙 헐값이라 논을 여섯 마지기나 살 수 있었다.

신세호는 조촐한 술상을 차려 놓고 사위를 불렀다. 아들도 옆자리에 앉혔다.

"맘은 좀 어떤가?"

신세호가 사위를 지그시 바라보았다. 환갑에 이른 그는 수염이 반백이었고, 주름진 얼굴은 온화해 보였다.

"예, 편안합니다."

송중원은 머리를 조아렸다.

"편헐 리야 있겄능가? 잊을 것은 잊고 새 맘을 갖도록 허게. 사람이란 배웠다고 다 옳은 길로만 가는 것이 아니시. 사람의 심성은 천차만별이라 배운 사람이 배운 머리로 악행을 허려 들자면 더 악독허게 허는 법 아니든가? 자고로 간신배들 중에 무식헌 놈

116

하나도 없었고, 근년에 부쩍 늘어나는 친일배 놈들이 간신배 놈들허고 똑같은 종자네. 그런 인종들이 늘수록 맘 단단히 먹고 새 생활을 찾도록 허게."

신세호의 말은 나직하면서도 근엄했다.

"예, 명심하겠습니다."

"그러고……, 요것은 논 닷 마지기 문서네. 자네 앞으로 명의를 바꿨으니 간수허게."

신세호는 두툼한 봉투를 송중원 앞으로 밀었다.

"아, 아닙니다. 제가 장만한 논으로도 밥걱정은 안 하게 됐습니다."

송중원은 당황해서 봉투를 장인 앞으로 밀어 놓았다.

"어디 밥만 먹고 살아지는가? 진작 기범이허고 의논혀서 자네 몫으로 갈라 둔 것이니 거둬 두게."

"아닙니다. 장인어른도 풍족하지 못하신데 제가 어찌……."

"매형, 내 맘 변허기 전에 얼른 챙기씨요. 내가 욕심 많은 것 잘 알제라?"

신기범이 웃으며 호리병을 들었다.

"그려, 술이나 한잔 따러라. 허허허……."

신세호가 수염을 쓰다듬으며 술잔을 들었다.

"자, 매형도 한잔 받으시게라."

송중원은 술잔을 들며 처가 형편을 생각했다. 처남 아래로 시집보낼 처제가 둘이 있었고, 처남은 또 아이가 둘이었다.

"장인어른, 그럼 제가 두 마지기만……."

"어허 사내 맘이 그리 졸해서야 쓰능가? 자, 술이나 쑥 드세."

신세호는 송중원의 말을 막아 버렸다.

송중원은 언젠가 처남에게 되돌려 주어야 한다고 생각하며 술잔을 기울였다.

며칠이 지나 경찰서에서 형사가 찾아왔다.

"송중원이가 누구여?"

마당 가운데다 자전거를 받치며 사내는 거침없이 내질렀다.

송중원은 그가 형사라는 것을 직감했다. 그러나 작은아들과 함께 닭장 짜던 일을 멈추지 않고 퉁명스럽게 내질렀다.

"나요."

"허, 경성 물 먹어서 그런가 제법 풀기가 빳빳허시. 내가 누군지 몰라서 그러고 있는겨, 시방?"

송중원 쪽으로 걸어오는 사내의 목소리가 거칠어졌다.

"금시초문인 사람이 왜 남의 집에 들어와 이러는 거요. 초면 예절도 없이."

"허, 초면 예절이라고?"

사내는 멈칫하더니, "그려, 역시 유식헝게 따질 것은 잘 따지능

마. 그려, 나 다나카 나가미즈 형사여. 되았어?"라며 독 오른 눈으로 송중원을 노려보았다.

"아, 안녕하십니까. 아시다시피 제가 송중원입니다. 저쪽으로 가시죠."

송중원은 그때서야 일어서며 인사하는 척했다. 그리고 마루 쪽으로 돌아섰다. 그자의 창씨개명한 이름을 듣는 순간 웃음이 터지려 했던 것이다.

"뻘건 줄 그어진 신세면 이사 오는 길로 신고부터 혀야제 닭장이나 짜고 앉았어?"

권하지도 않았는데 마루에 털썩 걸터앉으며 형사는 시비조로 말했다.

"서울 경찰서에서 20일 이내라고 했으니까 아직 시일이 좀 남았지요."

송중원은 형사와 떨어져 앉으며 눈길을 울타리 밖 먼 하늘로 보냈다.

"그럼, 시일이 꽉 차기를 기다린다 그것이여?"

형사는 완연히 시비조였다.

"20일간의 시일을 준 건 집안 정리부터 하라는 뜻 아니겠어요? 마지막 날 신고해도 법에 안 걸리고."

송중원은 나지막하게 말하며 또 형사의 허점을 찔렀다.

"무슨 소리여, 빠를수록 좋제. 그야 그렇고, 창씨개명은 안 헐 심판이여, 뭣이여?"

형사는 이야기를 슬쩍 창씨개명으로 돌렸다.

"창씨개명이야 8월까지니까 아직도 서너 달이나 남았는데요."

"자꾸 시일만 따질 일이 아니여!"

형사가 버럭 소리 질렀다.

송중원은 느리게 고개를 돌려 형사를 보았다.

"창씨개명은 동네마다 이장이 앞서서 단체로 허고 있는디, 이 동네는 벌써 다 끝났다 그 말이여. 근디 창씨개명을 안 허겄다고 뻗댄 불령선인이 여섯이여. 그중에 제일 악질이 누군지 알어? 바로 당신 장인 영감탱이여. 당신도 시방 장인허고 짝짜꿍이 되야 갖고 뻗대고 나설 심보제?"

형사는 독이 지르르 흐르는 얼굴로 송중원을 노려보았다.

"그거 첨 듣는 소리요."

송중원은 고개를 돌려 버렸다.

"거짓말 말어. 나를 뭐로 보고 그런 거짓말이여, 거짓말이."

형사는 더 크게 소리 질렀다.

"안 믿을라면 그만두시오."

송중원이 차갑게 말했다. 정말 장인 이야기는 처음 듣는 것이었다. 장인이 창씨개명을 쉽게 하리라고 생각지는 않았지만 그렇게 단체로 몰아붙이는데도 거부했다면 놀라운 일이 아닐 수 없었다.

"그럼 당신은 어쩔 셈이여?"

형사는 기회를 놓치지 않고 송중원을 겨누었다.

"죄지은 일도 없는데 죄인 다루듯 이러지 마시오. 법에는 기한 내에 아무 때나 하라고 되어 있단 말이오."

송중원이 무표정하게 말했다.

"하, 이거 법 드럽게 잘 따지네. 어디 보드라고, 나도 앞으로 법을 짠득짠득허니 따져 줄 것잉게."

형사는 벌떡 일어서서 마당으로 내려섰다. 그의 뒷덜미에 시퍼런 날이 서 있었다.

이틀이 지난 해질녘에 신기범이 송중원의 집으로 뛰어들었다.

"매형, 나허고 경찰서 좀 갑시다. 아부지가 끌려 들어가셨다요."

"엉?"

"뭣이여?"

송중원의 놀라는 소리와 부엌에서 나오던 하엽이의 소리가 겹쳤다.

"술 잡숫고 또 면사무소 앞에다 오줌을 갈기셨당마요."

"뭐라고?"

"음마, 무슨 소리여?"

송중원과 하엽이의 얼굴에 놀라움보다는 믿을 수 없다는 표정이 더 강하게 드러났다.

"못 믿으시겄제라? 술만 잡수셨다 허면 그러신 지가 벌써 몇 년 되았구만요."

"아니, 그럼 병을 고쳤어야제."

하엽이가 울상이 되었다.

"누님은 그것이 노망기라고 생각허는갑소 이? 아부지가 술 취 허셨다고 아무 데서나 그러는 것이 아니란 말이오. 왜놈들 점방 앞, 왜놈들 집, 요런 데다만 오줌을 갈기신당게라."

"그럼 일부러 그러시는 것이여?"

"눈치 빨라 좋소."

신기범이 씨익 웃었다.

"언제부터 그러시는디? 그러다가 일 안 당허시능겨?"

"사돈어른 별세허신 소식 듣고 한두 달 지나면서 시작되았는 디, 경찰서에 끌려 들어간 것이 어디 한두 번이간디요? 그래도 술 취해 헌 일인 데다가 연세가 많으시고, 아부지가 통 기억이 안 난 다고 잡아떼니 순사들도 어쩔 도리가 없는 것이제라."

송중원은 큰 충격을 받았다. 그건 아버지가 돌아가시고 나서 장인이 선택한 저항의 한 방법이었다. 지난날 동네 사람들과 세 금 불납 운동을 펴기도 했던 장인은 그런 것조차 용납되지 않는 상황에서 그 외로운 저항을 선택한 것 같았다.

"사람들이 아부지헌티 붙인 별호가 뭔지 아시오? '오줌 대감'이다요."

신기범은 통쾌하다는 듯 웃었다.

"아이고, 근디 어째서 해필 면사무소 앞에다 그러셨능고? 죄가 커지면 어쩔라고."

하엽이는 곧 울 것 같았다.

"그 뜻을 모르겠소? 창씨개명 반대허시느라고 그랬겄제라. 근디 면사무소 앞이라 나도 맘이 찜찜혀서 매형보고 함께 가자는 것이구만요."

"잠시 기다리게, 나 옷 좀 갈아입고 나올 테니."

송중원은 서둘러 방으로 들어갔다. '오줌 대감', 그 별명이 슬프고도 눈물겨웠다. 장인의 그 행위가 창씨개명을 거부한 것보다 더 크고 강하게 느껴졌다. '대감'이라는 말 속에는 사람들이 장인의 뜻을 다 알아차리고 있다는 의미가 담겨 있었다.

27

진로를 바꿔라

"이번에 소학교에서도 조선어 학습을 폐지시켰소. 조선 교사들은 기분이 안 좋을지도 모르겠는데, 어디 가장 젊은 다케다 선생이 대답해 보시오."

교무주임이 흐트러진 몸짓으로 한 사람을 손가락질했다. '다케다 선생'은 박용화였다. 술자리의 대여섯 사람은 모두 취해 있었다. 박용화는 정신이 번쩍 들어 몸을 바로잡았다.

"예, 그건 당연한 조처입니다. 내선일체로 모두 황국신민이 된 마당에 조선 학생들의 모국어가 어디 따로 있겠습니까?"

박용화는 거침없이 말했다.

"그게 진심이오? 술자리라 괜찮으니 진정을 말해 보시오."

"진정 잘된 조처입니다."

"으하하하……, 역시 다케다 선생은 환골탈태한 황국신민이고, 사범학교 교육을 잘 받은 모범교사요."

교무주임은 흡족하게 웃어 젖히고는, "자, 술 잘 마셨으니 그만 일어납시다."라며 몸을 일으켰다.

"다케다 선생, 우린 한잔 더 합시다."

구니와케가 불쑥 말했다.

"아, 젊은 선생끼리 한잔 더 하겠다? 젊어서 술이 조금 모자라기도 하겠지."

교무주임이 비틀거리며 손을 흔들었다.

다른 선생들은 교무주임을 따라 나가고 방에는 구니와케와 박용화 둘만 남았다.

"다케다 선생, 우리 단 둘뿐이니까 물어보겠소. 아까 그 대답이 진심이오?"

구니와케는 술 취한 몸을 바로잡으려 애쓰며 물었다.

총독부에서는 금년(1941년) 3월 31일부로 소학교를 국민학교로 바꾸고 조선어 학습을 폐지했다. 이로써 모든 교육기관에서 조선어 교육은 완전히 사라졌다.

"아니, 그럼 내가 거짓말을 했다는 거요? 내 말은 사실 그대로요."

박용화는 또 긴장하며 같은 말을 되풀이했다.

"이보시오, 다케다 선생! 교무실에서 회의하는 게 아니니까 진심을 말해 보라 그거요."

구니와케는 취한 눈으로 박용화를 건너다보았다.

"구니와케 선생, 내 진심은 단 하나, 피와 살과 뼈까지 황국신민이라는 사실뿐이오."

박용화는 조회 때 황국신민의 서사를 외치듯이 힘차게 말했다.

"하하하하……, 피와 살과 뼈까지 황국신민이라고? 보신에 좋은 말은 잘도 외우고 있군. 그건 당신 말이 아니라 소설가 이 뭐라는 자가 작년에 신문에 쓴 글인 줄 나도 알고 있지. 조선 늙은이나 젊은이나 배웠다는 사람들이 왜들 이 모양이야 이거."

구니와케는 경멸하는 표정으로 박용화를 바라보며 반말을 해 댔다. 그가 꼬집은 말은 이광수가 1940년 9월 《매일신보》에 쓴 글 가운데 한 구절이었다.

'저놈이 진심이야, 연극이야? 일본 놈이 못하는 소리가 없네.'

"그런 걸 묻는 당신 진심은 뭐요?"

박용화는 술이 다 깨는 것 같았다.

"당신 진심을 듣고 싶은 게 내 진심이지."

구니와케는 앉음새를 고치며 술잔을 들었다.

"구니와케 선생, 무슨 말이 듣고 싶은지 몰라도 내 대답은 똑같소."

"이 더러운 자식!"

구니와케가 술상을 내리쳤고,

"뭐야!"

박용화도 술상을 내리치며 맞고함을 질렀다.

박용화의 말은 위장도 가식도 아니었다. 조선말을 가르치지 않게 된 것은 어딘가 한 가닥 아쉬움이 있을 뿐이지 당연한 조처라고 생각했다.

"이봐, 내가 가장 경멸하는 게 누군지 아나? 당신 같은 사범학교 출신들이야. 그 피 끓는 젊은 나이에 할 짓이 없어서 사범학교를 지망하나? 조국의 장래야 어찌 되든 자기 한 몸 출세만을 위해 혈안이 되어 있는 젊은 놈들. 그런 파렴치하고 뻔뻔스러운 기회주의자들을 어찌 경멸하지 않을 수 있겠나?"

"닥쳐! 너 이제 보니 아주 사상이 불온한 놈이야"

박용화는 또 술상을 내리치며 눈을 부릅떴다.

"고등계 형사가 쓰는 말 흉내 내지 말고 내 말 똑똑히 들어. 우리 일본이 조선과 똑같은 처지에 빠졌다면 당신 같은 부류는 살아남지 못해. 민족 반역자에 배신자들이니까."

"당신이야말로 민족 반역자에 배신자야. 일본에 해로운 말만 골라서 하고 있으니."

"허, 그 충성심에 탄복할 뿐이야. 그렇게 투철한 충성심에 열렬한 출세욕까지 가졌으면 사범학교가 아니라 군대에 지원해야지. 일본은 군인이 지배하는 나라고, 사범학교 출신은 바로 장교가 될 수 있으니까. 다케다 히데오(武田秀雄), 이름도 무사에 딱 어울리는군그래. 빼어난 영웅이 되어 보는 게 어때."

박용화는 무척 놀랐다. 자신의 속마음을 꿰뚫어 보는 것 같았기 때문이다. 그는 벌써 몇 달 전부터 진로 문제로 고심하고 있었다.

"구니와케 선생, 너무 많이 취한 것 같으니 그만 일어납시다. 오늘 이야기는 없던 걸로 해 두겠소."

박용화는 약간 흔들리며 일어섰다.

"천만에, 오늘 이야기를 똑똑히 기억해 두시오."

구니와케는 일어나지 않고 박용화에게 비웃음을 보내며 술잔을 들었다.

술집을 나선 박용화는 숨을 들이켜며 사방을 둘러보았다. 눈에 잡히는 것은 흐릿한 달빛 속에 검게 드러난 산줄기들이었다.

이 산의 감옥 같은 곡성 땅은 처음부터 정이 붙지 않았다. 이런 시골구석으로 발령을 받을 줄은 몰랐다. 다 에이코 때문이었다. 아니, 정확하게 말하면 딴 꿈에 취해 등수 따위에 관심을 쓰지 않은 탓이었다. 에이코와 결혼해서 동경제국대학 법학부에 진학한다는 황홀한 꿈 앞에서 등수 따위는 가소로운 일이었다.

박용화는 긴 한숨을 끌며 걸음을 옮겼다. 에이코, 그 당돌한 계집에게 희롱당한 생각을 하면 스스로 창피해서 얼굴을 들 수가 없었다.

에이코와 사귀면서 동경 유학의 꿈은 무르익고, 등수를 다투는 대신 입시 공부를 해 나갔다. 그런데 겨울방학 직전 어느 날이었다.

"나 이번 방학에 동경으로 떠나면 안 돌아오게 될 거예요."

에이코가 말했다.

"아니, 그게 무슨 소리야?"

"일본 학원에 다니면서 입시 준비를 하라는 아버지 명령이에요."

"아니, 우리 결혼은, 결혼은 어떻게 하고?"

저도 모르게 말을 더듬거렸다.

"네에? 결혼이오?"

에이코가 놀라며 얼굴이 싹 굳어졌다.

"아니, 왜 놀라지?"

"그럼 놀라지 않게 됐어요. 갑자기 결혼은 무슨 결혼이에요? 서로 좋아지냈으면 됐지."

"아니, 결혼하지도 않을 남자하고 1년씩이나 사귄단 말야?"

"호호호호……, 조선식으로 생각한 모양이군요. 여긴 조선 땅이지만 엄연히 일본이니까 유치하게 조선식 꺼내지 말아요."

"나가, 당장 나가!"

그러고 나서 받아 든 성적표의 석차는 12등으로 밀려 있었다.

'여기가 내 무덤이구나!'

산으로 뺑뺑 둘러싸인 곡성에 첫발을 디디며 느낀 심정이었다. 첫 번째가 광주, 그리고 순천, 못해도 목포나 여수가 마지막이었다. 그 밖의 지역으로 밀려나면 장래는 어둡기만 했다. 그런데 곡성까지 밀려났으니 교육자로서의 출세란 암담하기만 했다.

그래서 곡성을 탈출할 새로운 길을 찾기 시작했다. 빨리 출세할 수 있는 길, 역시 판검사가 가장 먼저 떠올랐다. 그러나 그 길은 준비 기간이 너무 길고 학자금이 많이 들었다. 그다음으로는 사관학교에 지원하는 것이었다. 사관학교는 학비뿐만 아니라 먹여 주고 입혀 주기까지 했다. 그리고 장교가 되면 그 위세는 소학교 선생에 댈 것이 아니었다. 그런데 구니와케의 생각은 놀랍게도 자신의 생각과 일치했다.

'구니와케……, 그자는 정체가 무얼까? 혹시 사회주의자 아닐까!'

퍼뜩 떠오른 생각과 함께 유기준의 얼굴이 밀려들었다. 유기준은 해남으로 발령을 받았다. 유기준처럼 구니와케도 사회주의 사상을 감추고 있을지 몰랐다.

박용화는 며칠을 고민한 끝에 법관의 길을 선택했다. 군인은 위험이 너무 컸다. 전쟁터에 나서면 장교 아니라 장성도 총 한 방이면 황천길이었다. 굳이 언제 죽을지 모르는 군인이 되고 싶지는 않았다. 그리고 중국 땅에서 싸우다 보면 독립군에게도 총질을 하게 될 텐데, 독립운동을 안 하면 그만이지 차마 그런 망나니짓을 할 수는 없었다.

그러나 법관은 장교보다 사회적 지위나 권세가 나으면 나았지 못하지 않았고, 생명의 위험도 없었다. 다만 학자금이 들 뿐이었다. 그러나 그것도 해결할 수 있었다. 그동안 저축한 돈에다 앞으로 1년 동안 최대한 아끼고 아껴 모을 작정이었다.

박용화는 이런 결론을 내리자마자 하숙을 옮겨 자취를 시작했다.

28

아사히 사진관

"미나루, 미나루, 여기 봐, 여기!"

"로로로로, 깔꾹, 깔꾹!"

두 여자가 손뼉을 치고 손을 들까불어 대며 아이를 어르고 있
었다.

펑!

조명 불빛이 번쩍하며 흰 연기가 풀쑥 솟아올랐다.

"예, 잘 됐습니다."

사진기 셔터의 고무주머니를 누른 윤철훈이 허리를 굽실했다.
그의 그런 세련된 말투와 몸짓은 영락없이 경륜 많은 사진사의
모습이었다.

"어머, 어쩌지요? 불빛 때문에 애가 눈을 감았는데요."

두 여자 중에서 젊은 여자가 거짓 울상에 발까지 동동거리며 호들갑을 떨었다.

"염려 마십시오. 눈 감기 전에 찍었습니다. 아주 예쁘게 잘 나올 겁니다."

"그래도 잘못 나오면……."

젊은 여자가 여전히 토를 달았다.

"히데코 상, 정말 아무 걱정 안 하셔도 돼요. 저이는 평생 사진을 찍으면서 그런 실수는 단 한 번도 한 적이 없어요. 그런 실수야 초보 엉터리들이 하는 거지요."

차은심이 상긋 웃으며 손님을 맡고 나섰다.

"네, 그러시겠지요. 아사히 사진관은 사진 잘 찍기로 소문나 있으니까요. 예쁘게 잘 빼 주세요."

젊은 여자는 비로소 안심하며 방싯 웃었다.

"그럼요, 아주 예쁘게 잘 빼 드려야지요. 평생 간직해야 할 돌 사진 아닙니까? 아유, 잘생기기두 했네. 장래 장군감이 틀림없군요."

차은심은 아이의 머리를 쓰다듬으며 귀에 단 말을 풀어냈다. 일본 사람들은 자기 아들이 장군감이라는 말을 가장 좋아했다. 군인이 모든 것을 좌우하는 나라의 백성들다웠다.

"어머, 그렇게 보여요?"

젊은 여자는 화들짝 반가워했다.

"그럼요, 타고난 장군감이라니까요. 사람들 얼굴을 찍는 직업이라 저는 관상도 꽤 볼 줄 알거든요. 호호호호……."

차은심은 능란한 말솜씨를 발휘했다. 아이는 그저 평범할 뿐이었다.

"네, 우리 에시마 상이나 나도 미나루가 씩씩한 군인으로 출세하길 바라고 있어요. 사령관 각하 같은 장군이 되면 얼마나 좋겠어요."

젊은 여자는 상기된 얼굴로 또 아이의 볼에 입맞춤을 했다. 그 여자가 말하는 사령관 각하란 관동군 총사령관을 가리키는 것이었다. 관동군 총사령관은 일본이 만들어 낸 만주국 황제를 호령하는 위치이니 일개 통역관 아내의 입장에서는 최고로 보일 수밖에 없었다.

"참, 에시마 상은 사진 안 찍나요? 부부가 아이하고 함께 찍으면 아주 좋은 기념이 될 텐데요."

"그러기로 했는데 갑자기 참모장 모시고 장교들하고 북경에 갔지 뭐예요. 통역도 못 해 먹을 일이에요."

"아이구, 딱해라. 무슨 급한 일이길래 첫아들하고 돌 사진도 못 찍고 그리되셨을꼬?"

차은심은 딱하고 가엾은 표정을 지으며 다시 아이의 머리를 쓰다듬었다.

"모르겠어요, 무슨 새 작전을 세우는 모양인데, 통역관도 군인이나 마찬가지라구요. 속상해요."

"그러게 말이에요. 중국 놈들을 빨리 쳐부숴야 할 텐데, 무슨 좋은 수가 없는지 모르겠네요."

"이번에 만주 주둔군을 내륙 전선으로 이동시킬 모양이던데 그러면 어찌 될는지……."

"아유, 잘됐네요. 만주 군인들이 다 내륙 전선으로 가서 중국 놈들을 빨리 이겨야 우리 대일본 제국이 중국 전체를 지배하지요. 그래야 히데코 상도 이런 섭섭한 일 안 당하구요."

"그러면 얼마나 좋겠어요. 헌데 그럴 수는 없나 봐요. 불령선인들이 자꾸 생겨나고, 또 소련도 있으니까요. 미나루야, 이제 가자."

히데코는 아이를 추스르며 돌아섰다.

윤철훈은 사진을 자르는 척하고 있었다.

"얼마지요?"

"아 예, 돌을 축하하는 뜻으로 특별히 싸게 해 드리겠습니다. 반 값만 내십시오."

윤철훈은 친절하게 웃으며 계산대로 다가갔다.

"어머, 그럼 밑지지 않으세요?"

히데코는 좋아서 활짝 웃었다.

"괜찮습니다. 단골이신데 당연히 축하를 드려야지요."

"어쩜, 고맙기두 하셔라."

히데코는 작은 손지갑을 열었다.

"사진 빨리 보고 싶으시겠지요?"

"그럼요. 지금 당장 보고 싶은걸요."

"그러시겠지요. 밀린 일도 있고 해서 보통 열흘쯤 걸리는 것 아시죠? 하지만 돌 사진이니까 특별히 모레까지 해 드리겠습니다."

"어머나, 정말 고맙습니다."

히데코는 돈을 깎아 줄 때보다도 더 좋아했다.

"애 데리고 힘드시게 나오실 것 없어요. 제가 댁으로 배달해 드릴 테니까요."

차은심의 말이었다.

"네, 그러면 좋지요."

히데코는 얼굴 가득 웃음꽃을 피우며 사진관을 나갔다.

"어떠세요? 군인들 이동이."

차은심은 빠르게 속삭였다.

"그거 곧 타전해야겠소. 헌데 얼마나 이동하는지 알아내야겠소."

윤철훈의 미간에 힘이 모아졌다.

"예, 알아내는 데까지 알아내야지요."

차은심의 눈에 광채가 서렸다.

그때 계단을 올라오는 발자국 소리가 들렸다. 두 사람은 재빨리 일하는 자세를 취했다.

문에 달린 조그만 종이 울리면서 남녀 한 쌍이 들어섰다.

"어서 오세요, 손님."

차은심은 날렵하게 손님을 맞이했다.

"어서 오십시오. 무슨 기념사진 찍으시렵니까?"

윤철훈도 정중하게 손님을 맞이했다. 두 사람은 누가 보든 친절한 사진사 부부였다.

윤철훈과 차은심은 관동군 총사령부를 노리고 있었다. 중국에 있는 일본군의 심장에서 정보를 캐내려고 몸을 도사려 온 지 벌써 몇 년째였다. 그러나 고급 정보를 빼내기란 여간 어렵지 않았다. 그렇지만 그동안 올린 성과는 적지 않았다. 오늘처럼 예사로 흘린 말이 꼬투리가 되어 큰 정보를 캐낸 것이 한두 번이 아니었다.

윤철훈은 관동군 총사령부 건물이 늘어선 거리와 가까운 네거리에 사진관을 차렸다. 간판도 일본 사람들 기분에 맞도록 '아사히 사진관'이라고 붙였다. 그건 '싱싱한 아침 해[朝日]'라는 뜻으로 일본의 상징이었다. 사진관 이름을 그렇게 지은 건 신분을 감추고 일본 사람들을 끌어들이기 위해서였지만, 속뜻은 따로 있었다. 조선이 일본을 제압한다는 의미였다.

따로 조수를 두지 않고 차은심이 직접 일을 한 것은 사령부 장교의 아내들과 친분을 맺기 위해서였다. 다른 사진관에서는 하지 않는 배달도 그 때문에 시작했다. 사진 배달은 효과가 컸다. 관사를 자유롭게 드나들면서 하급 장교에서 고급장교들까지 신상 파악을 했고, 집 위치도 정확하게 알아냈다. 언제든 고급장교를 테러할 수 있을 만큼 정확한 지도가 그려졌다. 무엇보다 큰 효과는 장교의 아내들이 무심결에 흘리는 한두 마디의 정보였다. 그 정보들은 대개 꼬리였지만 어느 때는 대가리인 것도 있었다.

윤철훈의 살림집은 사진관 뒤쪽이었다. 암실 옆의 좁은 뒷문을 열면 아래로 내려가는 나무 계단이 있었다. 만일에 대비해 만든 비상구였다. 차은심은 수시로 그 계단을 오르내리며 식모에게 맡겨 놓은 두 아이를 살피러 다녔다.

다음 날 아침 일찍 윤철훈은 목욕탕을 거쳐 이발소를 찾아갔다. 장교들이 많이 드나드는 고급 이발소였다. 처음부터 의도적으로 접근했기 때문에 주인과 화투 놀이를 해서 돈도 잃어 주고, 술도 사 주고 해서 벌써 오래전부터 절친한 사이가 되어 있었다.

"안녕하세요, 그동안 경기 좋았어요? 아, 여기만 오면 기분 좋다니까."

이발소로 들어선 윤철훈은 거울 속의 주인과 눈을 맞추며 너스레를 떨었다.

"아, 어서 오시오. 경기나 마나 매양 그 타령이지. 그쪽 경기는 좋소?"

주인이 코털을 자르다 말고 손을 들어 보였다.

"우리도 그저 그래요. 시국이 좋아져야 경기도 좋아지지 않겠어요?"

윤철훈은 이야기를 슬며시 시국 쪽으로 돌렸다.

"그러게 말이오. 이발소고 사진관이고 시국이 편안해야 한몫 보는 장산데 전쟁을 이렇게 질질 끌어대니 원……."

주인이 돌아서며 의자에 앉으라고 손짓했다.

세 명의 종업원은 제각기 일손을 놀리고 있었고 아직 손님은 없었다.

"중국군 놈들을 단칼에 다 쳐 없애야 하는데, 사령부에 무슨 묘책이 없을까요?"

윤철훈은 은근히 이야기를 사령부로 연결시켰다.

"묘책이 뭐 따로 있겠소. 군인들을 더 많이 투입해서 항일연군이란 종자들 씨를 말린 것처럼 해야지."

주인은 열이 받치고 있었다.

"지당한 말입니다. 헌데 사령부에서는 그런 대책을 안 세우고 있나요?"

윤철훈은 말하기 좋아하고 잘난 척하기 좋아하는 주인의 말에

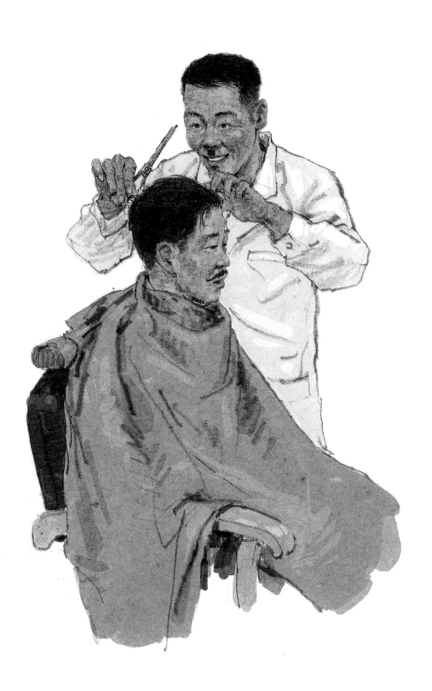

맞장구치며 바람을 넣었다.

"안 세울 리가 있나요. 아마 곧 만주의 병력이 대거 전선에 투입될 거요."

윤철훈은 귀가 번쩍 뜨였다.

"여기 병력이 얼마나 투입될지 모르지만, 그게 우리한테는 좋고도 나쁜 일이오."

윤철훈은 속마음을 싹 감추고 또 하나의 덫을 놓았다.

"나쁜 일?"

주인이 가위질을 멈추며 거울 속의 윤철훈을 빤히 보았다.

"생각해 보시오. 군인들이 많이 갈수록 전쟁에 빨리 이길 수 있어서 좋지만, 우리는 그만큼 손님이 줄어드니까 나쁘지 않겠소."

"아, 그게 그렇게 되는군. 안 되겠는데, 병력이 얼마나 이동하는지 알아봐야지."

혼잣말을 하는 주인의 얼굴이 구겨지고 있었다.

윤철훈은 만족스러웠다. 며칠 있다가 술을 한잔 사면 자연스럽게 그 이야기를 들을 수 있을 거였다.

"며칠 있다가 술 내기 화투나 한판 벌입시다."

윤철훈은 이발소를 나서기 전에 은근슬쩍 한마디 걸쳤다.

"그거 좋지요. 흐흐흐흐……."

주인이 어깨를 들썩이며 흐흐거렸다. 너는 내 밥이야 하는 것처럼.

윤철훈은 다음 날 최규승과 하 서방을 따로따로 불러서 만났다.

"요새 병력 이동 상황은 어떻소?"

"별다른 변화는 없는 것 같습니다."

선한 인상의 최규승이 대답했다.

"아마 머지않아 병력 이동이 있을 거요. 철저하게 그 수를 파악하도록 하시오."

윤철훈이 단호하게 말했다. 손님들 앞에서 웃음을 흘려 가며 사진을 찍을 때의 모습이 아니었다.

"알겠습니다. 그래서 그런지 요새 관내로 가는 쌀가마니가 다른 때보다 많이 쌓이고 있습니다."

"음, 그것도 얼마나 더 늘어나는지 파악해 보시오."

최규승은 신경역에서 밥장사를 하는 조직원이었다. 항일연군 초기에 부상을 당해 역전에서 행상을 하다가 윤철훈과 연결된 것이었다.

"요새 새로 들은 소식 없소?"

윤철훈은 인력거꾼 하 서방에게 물었다.

"예, 별로 없는데요."

하 서방이 목에 걸친 수건으로 이마를 씩 문지르며 대답했다.

"장교들을 태우고 다닐 때 그들의 말을 유심히 듣도록 하시오.

그리고 변두리로 나갈 때는 어떤 부대가 움직이는지 잘 살피고. 곧 부대 이동이 있을 것 같소."

"예, 알겠습니다."

하 서방이 고개를 꾸벅했다.

하 서방은 고향에서 일본 사람을 때리고 만주로 도망 온 사람이었다. 윤철훈이 그의 인력거를 탔다가 그 사연을 듣고 차츰 가까워지면서 조직원으로 끌어들였다. 하 서방은 만나는 사람이 많고 행동반경이 넓어 보고 듣는 것이 많았다. 정보 조직원으로 안성맞춤이었다.

윤철훈은 정보가 모이기를 기다리며 밤이면 암실 뒷벽에 감추어둔 무전기를 꺼내 손질하고는 했다.

29

악법

김제읍이 아침부터 떠들썩했다.

뺌빠라 뺌빠. 쿵작쿵작.

읍사무소와 경찰서가 있는 본정통에서 악대 소리가 신명 나게
울려왔고, 사람들이 떼 지어 그쪽으로 가고 있었다.

'경축 하시모토 소장님 읍장 취임.'

여기저기 내건 현수막이 무슨 잔치인지 알려 주고 있었다. 하시
모토가 김제읍장이 되는 날이었다. '소장님'이란 하시모토의 군산
상공회의소 소장 감투를 말하는 것이었다.

"눈 가리고 아웅이라등마 딱 요 일을 두고 허는 말이시."

"참말로, 읍장 감투 쓰고 싶으면 그냥 고이 쓸 일이제."

"그 낯짝 뻔뻔허기가 곰 발바닥이제. 읍민들 여망으로 읍장을 허는 것이라니."

무리를 이룬 남자들이 느리게 걸어가며 나누는 말들이었다.

읍민들의 여망에 따라 마지못해 읍장에 부임하는 것이다……, 하시모토 쪽에서 조직적으로 퍼뜨려 온 말이었다.

읍사무소의 넓은 마당은 사람들로 넘쳤다. 식단 양쪽에 쳐 놓은 네 개의 커다란 차일 아래에는 여러 지역의 유지들이 자리 잡고 있었다. 그 속에 맘껏 멋을 부린 장칠문도 거드름을 피우며 앉아 있었다. 그는 상공회의소 회원에다가 전국 최대의 친일 조직인 국민총력연맹 군산지부장 자격으로 초청된 것이었다.

그런데 그 유지들 속에 뜻밖의 사람이 끼어 있었다. 다름 아닌 정도규였다. 그 역시 국민총력연맹 만경지부장으로 이 자리에 왔다. 경찰에서는 그의 전향을 시험이라도 하듯 그 감투를 뒤집어 씌웠다. 그는 괴로웠지만 웃는 얼굴로 그 감투를 썼다. 위장 전향을 감추려면 그럴 수밖에 없었다.

받아들여야 하는 고통인 줄 알면서도 정도규는 괴로움에서 벗어날 수가 없었다.

"그건 지하투쟁보다 더 어려운 투쟁입니다. 그러나 견디셔야 합니다. 그 고통을 감내하고 계시니까 저희들의 지하투쟁도 유지되는 것 아니겠습니까?"

148

언젠가 활동 자금을 받아 가면서 이현상이 한 말이었다.

'아무리 내 고통이 크다 한들 지하투쟁하는 후배 동지들보다 더하랴.'

정도규는 이렇게 스스로를 위로할 수밖에 없었다. 그리고 같은 처지의 유승현을 만나 마음을 달래고는 했다.

하시모토의 읍장 취임식은 길게 이어졌다. 도지사의 치사, 전주부윤의 축사, 군산부윤의 축사, 도경찰국장의 축사, 국민총력연맹 전북지부장의 축사로 이어지는 어슷비슷한 장광설은 끝이 없었다.

축사가 끝나고 연단에 나선 하시모토는 머리카락만 약간 희끗거릴 뿐 아주 건강해 보였다. 그는 60을 넘겼으면서도 10년은 더 젊어 보였다.

대일본 제국의 번영과 천황 폐하의 만수무강, 그리고 일본군의 승리를 위한 만세삼창으로 읍장 취임식이 끝났다.

"식에 참석한 읍민 여러분에게 알립니다. 하시모토 읍장님께서 취임 기념으로 여러분에게 설탕 가루를 한 포대씩 선사하기로 하셨습니다. 여러분은 하시모토 읍장님의 높으신 후의에 감사하는 마음으로 질서 정연하게 설탕 가루를 받아가기 바랍니다."

사회자가 알린 말이었다.

설탕 가루 한 포대씩!

서민들에게는 무척이나 큰 횡재였다. 사람들이 앞다투어 정문 쪽으로 가려고 하는 바람에 읍사무소 마당은 소란스러워졌다. 정문 앞에서 읍사무소 직원들이 설탕을 나누어 주고 있었다.

"아니, 요것이 뭣이여?"

"한 포대라등마 한 봉다리 아니여?"

설탕을 받아 든 사람들이 하나같이 어이없어했다. 설탕은 사회자의 말처럼 한 포대씩이 아니라 담배쌈지를 다 펼쳐 놓은 크기의 한 봉지씩이었다. 뒤에 있는 많은 사람들은 그것도 모르고 서로 빨리 받으려고 아우성이었다.

사람들이 절반쯤 줄어들었을 즈음이었다.

"아니, 저 늙은이 저것!"

"어디다가 오줌을!"

높직하게 쌓인 설탕 봉지를 지키고 있던 읍사무소 직원 서너 명이 눈길을 한곳에 모았다. 모시 두루마기로 점잖게 의관을 차린 노인이 설탕 봉지 쌓인 데다 소변을 보고 있었다.

"요런 쌍놈의 늙은이!"

눈을 부릅뜨고 쫓아온 직원 둘이 노인을 사정없이 떠밀었다. 노인은 벌렁 뒤로 넘어갔다. 그 노인은 술 취한 신세호였다.

"아이고, 저 양반 오줌 대감 아니라고?"

"그려, 설탕 봉다리에다 오줌 싸다가 저리 당허능구마."

"긍게 말이시. 술 취해도 정신은 멀쩡허당게."

"그러니 오줌 대감이시제. 가세, 설탕 가루 받어 가는 우리도 나무라는 것잉게."

사람들이 서둘러 발길을 돌렸다.

신세호는 무겁고 더디게 몸을 일으켰다. 깨끗하던 모시 두루마기는 흙 범벅이 되어 있었다. 신세호는 취한 눈으로 설탕 봉지 더미를 바라보며 허리끈을 묶었다. 넘어지는 바람에 삐딱하게 기운 갓을 고칠 생각도 하지 않고 신세호는 비틀거리며 걸음을 옮겼다.

어둠이 짙어지면서 반딧불이가 날고, 개구리들이 바글바글 울기 시작했다. 송중원은 아이들이 오기를 기다리며 모깃불을 돋우고 있었다.

"진지 잡수셨능게라?"

신기범이가 마당으로 들어섰다.

"응, 앉게. 돼지는 좀 어떤가?"

송중원은 평상을 가리켰다.

"돼지고 뭐고, 아부지 땜시 속상해 죽겠소. 오늘 또 김제 나가셔 갖고 어쩌크름 넘어지셨는지 팔목이 팅팅 부었구만요."

신기범은 불퉁스럽게 말하며 쌈지를 꺼냈다.

"저런, 어쩌시다가?"

"말씀을 안 허시는디, 보나 마나 김제읍장 놈 취임식인지 뭔지

거기서 또 그 일 벌이다가 당허신 것 아니겄능게라."

"가 보세, 일어나게."

송중원이 모깃불을 돋우던 막대기를 내던졌다.

"그냥 앉으씨요. 시방 주무신게."

신기범이 혀를 찼다.

송중원은 착잡한 마음으로 평상에 걸터앉았다.

"요번에는 매형이 단단히 말 좀 혀서 제발 그 일 그만두게 허씨요. 연세는 들어가시는디 큰일을 당허시면 어쩌겄능게라. 아부지가 그런다고 왜놈들이 오줌에 떠내려가는 것도 아니고, 독립이되는 것도 아니지 않은게라. 그러다가 변을 당허면 개……."

신기범은 얼른 말을 멈추었다. '개죽음'이란 말을 삼킨 것이었다.

"……."

송중원은 무어라고 대꾸할 말이 없었다. 처남의 말대로 그런 행위로 독립이 될 리는 없었다. 그렇다고 장인에게 그 행위의 무의미함을 따져 가며 그만두라고 할 수도 없었다. 그건 장인이 할 수 있는 저항이고 투쟁이었다. 그리고 그 행위는 창씨개명 거부와 함께 결코 무의미한 것도 아니었다. 만해 한용운이 집을 지으면서 총독부 쪽을 바라보지 않으려고 그 반대쪽인 북향으로 집을 앉혔다는 이야기가 사람들의 가슴을 울렸었다. 그 행위가 많은 사람들의 가슴을 울린 것은 그 상징성 때문이었다. 만해의 행위에 비해 장인의 행위는 훨씬 더 적극적이었다.

"어째 말이 없으신게라?"

신기범의 목소리가 퉁명스러웠다.

"알았네, 좀 더 생각해 보세."

송중원의 대꾸는 무겁기만 했다.

"선생님, 진지 잡수셨능게라우?"

세 아이가 사립을 들어서며 목소리를 맞추어 인사했다.

"그래, 어서들 오너라."

송중원이 아이들을 맞이했다.

"쟈들 가르치는 것 또 말썽 안 나겠능게라?"

신기범이 목소리를 낮추었다.

"가르치는 게 뭐 있어야지. 그저 옛날얘기나 해 주는데."

송중원이 픽 웃었다.

"그놈들이 매형을 옷 속에 든 등겨로 생각허고 있응게 조심혀야 헐 것이구만이라."

신기범이 몸을 일으켰다.

"어두운데 살펴 가소."

송중원은 사립 앞에서 처남을 배웅했다.

"야아, 편히 쉬시씨요."

송중원은 어둠 속으로 사라지는 처남을 지켜보며 스산하게 웃었다. 옷 속에 든 등겨라……, 그럴지도 모른다고 생각했다. 손수 농사를 짓는다는 게 말처럼 쉽지 않아 머슴을 두고 함께 일하기로 하고, 그 대신 야학을 열 생각이었다. 그런데 야학은 허가를 받아야 한다는 사실을 뒤늦게 알았다. 그래서 법망을 피해 열서너 명의 아이들을 모아 한글과 산수를 가르쳤다. 그런데 서너 달이 못 가서 경찰서로 불려 갔다. 그는 셈을 못하는 아이들이 딱해 가르쳤을 뿐이라고 경찰에 맞섰다. 경찰에서는 둘 이상 모아 가르치는 것은 범법이라며 당장 중지하라고 명령했다. 둘 이상이 안 된다면 하나씩 불러다가 가르치는 수밖에 없었다. 그러나 그건 가능한 일이 아니었다. 그래서 공부는 그만두고 옛날이야기를 들려주기로 했다. 옛날이야기를 통해서 아이들의 의식을 깨우치자는 것이었다. 그러나 또 서너 달 만에 경찰서로 불려 갔다. 아이들이 옛날이야기를 해 달라고 모여드는 것인데 뭐가 잘못되었느냐고 따졌다. 경찰에서는 공부를 가르쳤는지 조사했고, 공부를 가르치지 않았다는 사실이 밝혀지자 물러날 수밖에 없었다. 아이들에게 옛날이야기를 해 주는 것은 꽤 효과가 있었다. 왜놈들 나쁘다는 말을 한마디 하지 않고도 그 사실을 깨닫게 하고 민족의식을 일깨울 수 있었다.

"자, 오늘은 무슨 얘기를 하기로 했더라?"

송중원은 평상으로 올라앉으며 아이들을 둘러보았다.

"삼국지요."

어떤 아이가 또랑하게 대답했다.

"그렇지, 그런데 삼국지는 길어서 반년은 걸릴 텐데 너희들이 다 기억할 수 있을까?"

송중원은 아이들의 반응을 떠보려고 넌지시 물었다.

"야아, 다 기억허능구만이라우."

한 아이의 다급한 대답이었다.

"그래, 정신을 차리면 다 기억할 수가 있다."

송중원은 앉음새를 고치며 허리를 폈다. 그동안 홍길동전부터 을지문덕이며 강감찬을 거쳐 세종대왕과 단종 이야기까지 더듬다 보니 얘깃거리가 동나다시피 해 『삼국지』까지 이른 것이었다.

8월 어느 날 송중원은 설죽의 편지를 받았다. 설죽의 이름을

본 순간 송중원은 가슴이 쿵 울렸다. 그 까닭 모를 불길한 예감
으로 편지를 뜯는 손이 떨렸다.

긴 인사 줄이옵고 두서없이 몇 자 올립니다. 그분께서 지금 재판
을 받고 계십니다. 손을 써 보려고 경황없이 지내다 보니 어느새
반년이 흘렀습니다. 신문에서 보셨는지 모르겠사오나 경성콤 그룹
사건입니다. 현재 면회는 일절 안 됩니다.

건강하시고, 이만 총총.

경성에서 설죽 배상

허탁이 결국 감옥에 갇히고 만 것이었다. 경성콤 그룹 사건을
신문에서 보긴 했지만 허탁이라는 이름은 나오지 않았었다. 누
구누구 '외 몇 명'에 포함되었던 것인지, 가명을 썼던 것인지 알
수 없었다. 신문 보도에 따르면 경성콤 그룹은 1939년에 결성된
사회주의 단체였고, 1940년 말부터 1941년 초에 걸쳐 구성원 대
부분이 검거되었다.

송중원이 며칠째 우울하게 지내고 있는데, 총을 든 경찰이 들
이닥쳤다. 경찰들은 다짜고짜 송중원의 팔에 쇠고랑을 채웠다.

"넌 전향서 쓰기를 거부했고, 창씨개명까지 거부한 악질 불령
선인이야. 거기다가 요즘에는 아이들한테 배일사상을 전파하고

있단 말야. 너 같은 악질분자들을 위해 제정된 법이 뭔 줄 아나? 바로 조선사상범예방구금령이다. 그 법에 따라 널 오늘부로 구금한다."

사찰과장의 살벌한 외침이었다.

송중원은 허탈하게 웃었다.

'조선사상범예방구금령'이 전국적으로 발동되는 가운데 총독부는 전국 총호수의 87.4퍼센트가 창씨개명을 했다는 발표를 내놓았다.

30

새로운 전쟁

일본이 미국의 하와이 진주만을 공격했다. 그리고 미국과 영국에 선전포고를 했다. 1941년이 다 저물어 가는 12월 8일의 일이었다.

다음 날 동경은 온통 축제 분위기였다. 신문마다 일본 공군의 공격을 받아 시꺼먼 화염에 휩싸인 미국 군함 사진이 대문짝만하게 실렸다.

"군함이 이렇게 다 불타 버렸으니 이제 미국은 꼼짝달싹 못하겠지."

"어느 세월에 군함 만들어 덤비겠어. 보나 마나 이긴 전쟁이지."

"그래, 그래, 크크크크……."

신문을 든 서너 사람이 전차 안에서 떠들고 있었다.

전동걸은 잔뜩 화난 얼굴로 창밖을 내다보고 있었다. 좋아서 어쩔 줄 모르는 일본 사람들의 꼴을 보며 울화가 부글부글 끓었다. 그러면서 이제 우리 신세는 어떻게 될까 생각하고 있었다.

"에이 쪽바리 새끼들아, 벼락이나 맞고 다 꼬드라져라!"

전차에서 내리며 전동걸은 거칠게 내뱉었다.

"어머머……."

전차에서 우르르 내리는 사람들 속에서 한 여자가 놀라며 전
동걸을 바라보았다. 전동걸도 갑자기 들린 조선말에 고개를 획
돌렸다. 눈길이 마주쳤다.

전동걸은 그냥 갈까 했다. 그러나 그 순간 두 가지 감정이 뒤섞
였다. 여학생의 얌전한 모습이 눈을 사로잡았고, 어머머라는 소리
가 신경에 거슬렸다.

"어머머라니, 내가 못 할 말 했소? 조선 사람이 당연히 할 말 한 것 아닙니까?"

전동걸은 한 발짝 다가서며 정중하게 말했다.

"네, 그런 게 아니고……."

여학생의 눈길이 빠르게 전동걸의 얼굴을 스치더니 이내 얼굴이 붉어졌다. 그때 전동걸은 퍼뜩 깨달았다. 자신이 너무 심한 욕을 했다는 것을.

"예, 알았습니다. 어머머가 내 말을 부정한 것이 아니고 욕 때문이란 걸 말입니다. 왜놈들 좋아하는 게 너무 화가 나서 그만……."

전동걸은 민망하고 창피해서 손이 뒷머리로 갔다.

"네에, 그럼……."

여학생이 고개를 까딱 하고는 돌아섰다.

"아니, 이렇게 알게 됐으니 차나 한잔하면서 그 문제에 대해 얘길 좀 나눴으면 합니다. 우리 조선 사람 모두의 문제이기도 하니까요."

전동걸은 여학생을 따라 걸음을 옮기며 비위 좋게 말했다.

"전 그런 데 잘 안 가 봐서……."

여학생이 수줍어하며 엷게 웃었다.

"예, 내가 안내하지요. 저쪽에 조용한 까페가 있습니다."

전동걸은 걸음을 옮겨 놓기 시작했다. 그러면서 조선 사람이라는 한마디가 발휘하는 호소력이 의외로 크다고 생각했다.

"저는 전동걸이라고 합니다."

자리를 잡고 나서 전동걸은 먼저 인사했다.

"네, 저는 이미화입니다."

여학생이 고개를 약간 숙이며 이름을 댔다.

'아름다운 꽃, 얼굴에 어울리는 이름이구나.'

전동걸은 온순하고 연약해 보이는 그 얼굴을 가만히 바라보았다.

"아까 전차 안에서 소리를 지르고 싶었습니다. 일본 사람들이 떠들어 대는 게 너무 듣기 싫어서 말입니다."

전동걸은 어떻게 생각하느냐는 듯 이미화를 바라보았다. 눈길이 마주치자 이미화는 무슨 잘못을 들키기라도 한 것처럼 황급히 눈길을 떨구었다. 그때 종업원이 커피를 내왔다.

"왜놈들한테는 낮이 왔는지 모르지만 조선 사람들한테는 새로운 밤이 닥쳐온 겁니다."

커피를 저으며 독백하듯 하는 전동걸의 목소리는 침통했다.

"저, 혹시 문학 하시나요?"

"아닙니다. 철학과에 다닙니다."

전동걸의 눈이 왜 그러냐고 묻고 있었다.

"그 말씀이 너무 특이해서……."

이미화는 찻잔을 입으로 가져가며 낮은 소리로 말했다. '인상적'이라고 말하고 싶었지만 너무 호감을 드러내는 것 같아 '특이'

하다고 바꾸었다.

"뭐 특이할 건 없고 현실을 그대로 말했을 뿐입니다. 조선의 암흑은 한밤중과 같고, 조선 사람들은 로마 시대의 노예와 같은 신세가 될 겁니다."

전동걸은 짙은 한숨을 쉬고는 커피를 한 모금 마셨다.

'어머, 꼭 예언자같이 말하네. 저 사람 혹시 독립운동을 꿈꾸는 건 아닐까? 아니, 비밀결사 같은 것을 조직하고 있을지도 몰라.'

이미화는 이런 생각을 하며 아버지를 떠올렸다. 아버지는 조선의 독립이라는 말은 단 한 번도 입에 올린 적이 없었고, 은행의 부장 자리에 흡족해하며 황국신민이 되려고 애썼다. 불현듯 그런 아버지가 부끄러웠고, 자신이 가사과에 다닌다는 것도 부끄러웠다.

"저…… 조선은 독립이 될까요?"

이미화는 저도 모르게 이 말을 입 밖에 냈다.

"됩니다. 믿어야 합니다. 조선 사람이 그것을 안 믿고 무엇을 믿겠습니까?"

이미화는 앞에 앉아 있는 사람이 경이롭고도 두려웠다. 동경에서 지낸 1년 동안 독립을 그렇게 확신하는 학생은 처음이었다. 그런데 이상한 마력을 내뿜고 있는 그에게 끌려 들어가게 될까 봐 두렵기도 했다.

"네, 좋은 말씀 많이 들었습니다. 그럼 이만……."

이미화는 일어나려고 했다.

"하숙이 이 근방이십니까? 다시 뵐 수 있었으면 합니다."

전동걸은 만년필과 수첩을 거침없이 이미화 앞으로 밀어 놓았다.

이미화는 순간적으로 어떻게 할까 생각했다. 그 경이로움을 1회로 끝내기는 아쉬웠고, 그 두려움을 단 한 번으로 피해 버리자니 너무 아까웠다. 이미화는 만년필과 수첩을 끌어당겼다.

송준혁은 어머니의 편지를 받은 뒤로 웃음을 잃었다. 고학을 하는 고달픈 생활 속에서 웃을 일도 별로 없었지만 아버지가 예방구금을 당했다는 소식을 듣고는 웃음이 완전히 사라지고 말았다.

송준혁은 김민근의 하숙집으로 들어섰다. 신문 배달이나 물건 배달에 비하면 가정교사는 고학으로 한결 나은 편이었다.

송준혁은 김민근의 방이 있는 2층으로 올라갔다.

"그야 이제부터 싸워 봐야 아는 거지."

"물론이지. 요새 전쟁이야 육박전이 아니라 과학전이니까."

최문일의 방에서 흘러나오는 말이었다. 김이도의 걸걸한 목소리도 들렸다. 하와이 공격에 대한 이야기인 모양이었다.

송준혁은 김민근의 방문을 두들겼다.

"예, 들어오세요 선생님."

송준혁은 방문을 옆으로 밀었다.

"선생님, 좀 빨리 오시지요."

김민근이 방에 선 채로 말했다. 부잣집 아들답게 값비싼 옷을 걸친 그는 공부할 낌새는 없이 어디로 나갈 태세였다.

"왜 이러고 있지?"

송준혁의 말은 냉랭했다.

"선생님, 오늘은 쉬어요. 하와이 진주만 공격한 날이잖아요."

김민근이 아부하는 웃음을 지었다.

"공격은 어제다. 헌데, 그게 너하고 무슨 상관인데?"

"시험도 끝났잖아요. 친구들하고 약속도 해 놨는데요."

"약속? 작은아버지한테 허락받았나?"

"허락받으나 마나 작은아버지는 오케이지요 뭐."

"가자, 작은아버지한테."

송준혁은 앞서 방을 나갔다. 웬일인지 공부 가르치고 싶은 마음이 별로 없기도 했다.

"민근이가 또 저에게 하루 휴가를 주려고 합니다."

송준혁이 김이도에게 말했다.

"너 또 무슨 바람이냐?"

김이도가 조카를 꼬나보았다.

"시험도 다 끝났고, 오늘 하와이 바람이 불고 있잖아요."

김민근은 힐끗힐끗 눈치를 살피면서도 말은 또렷하게 했다.

"하와이 바람? 그게 너하고 무슨 상관이냐?"

"마음이 뒤숭숭한데 책만 펴 놓고 있으면 뭐해요. 괜한 시간 낭비지요."

"짜식, 말은 번드르르하게 잘해. 조심하고 늦게 들어오지 마."

김이도가 어서 나가라는 손짓을 했다.

김민근은 철없는 10대답게 부리나케 방을 뛰쳐나갔다.

"저게 언제나 철이 들래나 원. 참 송 형은 미국과의 전쟁을 어떻게 생각하시오? 어느 쪽이 이길 것 같은가요?"

김이도는 아까 하던 이야기로 말머리를 돌렸다.

"글쎄요……, 갑작스러운 일이고……, 미국의 힘을 모르는 형편이라……."

송준혁은 모호하게 말을 얼버무렸다. 그것이야말로 예측이 불가능한 문제인 데다가, 김이도네 집안의 친일성 때문에 말을 삼가야 했다.

"둘 중에 하나는 전쟁에 지게 돼 있는데, 누가 져야 우리 조선에 유리할까? 이걸 좀 생각해 보세."

최문일이 김이도와 송준혁을 번갈아 보았다.

"그야 말하나 마나 아닌가?"

김이도가 퉁명스럽게 말했다.

"말하나 마나라니?"

최문일은 김이도를 빤히 보았다.

"자네 소학생 수수께끼 하고 있나? 그야 미국이지."

김이도의 말이 더 퉁명스러워졌다.

"그럼 됐어. 우린 그저 미국이 이기기만 바라고 구경하면 되는 거야."

최문일은 이야기 다 끝났다는 듯 벽에 등을 기댔다.

"흥, 뱃속 편한 소리 하고 앉았네. 창씨개명 한 우리들은 다 어느 나라 국민이지? 명색이 황국신민일세. 전쟁이 터졌으니 이제 젊은 놈들은 다 전쟁터에 끌려가게 될 거네. 그럼 좋으나 싫으나 미국은 우리의 적이 되는 거고, 조선에 유리하냐 불리하냐를 따지기 전에 미군들 총에 저승객이 될 팔자야. 그래도 구경이나 할 텐가?"

김이도는 비아냥거리듯 말했다.

송준혁은 김이도의 상황 인식에 좀 놀랐다. 김이도는 부잣집 아들로서 예술병에 걸려 얼마쯤 방탕하고 퇴폐적인 반면에 민족의식 같은 것은 찾기 어려웠다. 그런데 예술가 지망생답게 뜻밖의 예리함이나 투시력을 나타낼 때가 많았다.

"그게 그렇게 되나? 그럼 일본이 이겨야 하나? 그런다고 우리 조선한테 유리할 건 없는데. 군대에 끌려가 살아남으리란 보장도 없고. 이거 참 골치 아픈 일 아닌가?"

최문일이 고개를 갸웃갸웃했다.

"뭐 골치 아플 건 없네. 그게 조선 사람의 운명이니까. 우리가 이렇게 따진다고 달라질 건 아무것도 없네. 이 마당에 우리 세 사람이 할 일이 뭐가 있겠나! 고난이 닥치기 전에 맘껏 술이나 마셔야지. 가세, 술 마시러."

김이도가 벌떡 몸을 일으켰다.

"바로 그거야. 자넨 역시 현명해."

최문일이 기다렸다는 듯 맞장구를 치며 송준혁에게 눈짓했다.

최문일이 그렇듯 송준혁도 부담 없이 김이도를 따라나섰다.

가정교사 자리를 소개해 준 사람이 최문일이었다. 같은 과의 몇 안 되는 조선 학생 중에서 일자리를 구하는 사람은 자신뿐이었고, 최문일도 친구 조카의 가정교사를 찾고 있던 참이었다.

"평양에서 몇째 안 가는 거부의 집안이고, 아버지는 이름 날리는 변호사요. 보수도 다른 데보다 괜찮을 테니 잘만 가르쳐 주시오."

최문일이 소개하기 전에 한 말이었다.

"어떤 술집으로 갈까?"

큰길로 나선 김이도가 버릇처럼 긴 머리를 손가락으로 빗질하며 최문일을 바라보았다.

"오늘은 거하게 한잔 하는 게 어때?"

"좋아, 가지."

김이도의 말이 떨어지기 바쁘게 최문일이 택시를 불렀다.

바로 그날 임시정부는 일본에 선전포고를 했다.

31

세 가지 풍경

정상규는 동생 도규네 집 대문을 마구 두들겼다. 정도규는 신문을 읽다가 작은형을 맞이했다.

"어쩐 일이시오?"

정도규의 얼굴에 찬바람이 돌았다. 뒤늦게 큰형이 죽은 까닭을 알고 그는 작은형한테 완전히 마음을 닫아 버렸다.

"내가 못 올 데 왔드라냐? 동현이 취직 좀 시켜 달라고 왔다."

정상규는 동생의 태도가 못내 불쾌해 명령하듯 용건을 내뱉었다.

"나 그런 재주 없소."

정도규는 잠시의 여유도 없이 내쳤다.

"아니, 감투를 그리 많이 쓰고도 재주가 없어? 동현이가 남이냐!"

정상규는 눈을 부릅뜨며 소리쳤다.

"그게 다 허깨비 감투요. 동현이도 의현이처럼 돈 훔쳐서 달아나기 전에 대학에 보내는 게 좋아요. 괜히 자식들하고 척지지 말고요."

정도규는 작은형의 아픈 데를 찔렀다. 작은형은 큰아들 방현이에 이어 작은아들 의현이도 대학을 보내지 않으려 했다. 그러자 의현이는 거금을 훔쳐서 종적을 감춘 뒤로 벌써 몇 년째 모습을 나타내지 않고 있었다.

"니 시방 동현이도 돈 훔쳐 도망가기를 바라는 것이냐 뭐냐!"

정상규는 마치 또 돈을 도둑맞기라도 한 것처럼 소리를 질렀다.

"환갑이 다 돼 가지고 욕심 그만 부리고 자식들 가르치기나 하시오. 죽으면 그 재산 다 놓고 맨주먹으로 가는 것 잘 알잖아요."

"헹, 니가 나를 훈계허냐 시방. 나는 죽을 날 아직 멀었응게 고런 새 날아가는 소리는 허덜 말어."

정상규는 손을 내젓고는, "어쩔 것이여? 취직을 시켜 줄지 아닐지 딱 잘라서 말혀."라고 동생을 다그쳤다.

"더 할 말 없어요. 딴사람한테 부탁하세요."

정도규는 냉정하게 잘랐다.

"하! 자알 알겠다. 오늘로 형제간 의절이다. 어디 두고 보자."

분이 끓는 얼굴로 정상규는 자리를 박차고 일어났다.

"요런 인정머리 없는 놈아! 내가 부탁헐 사람이 없을 줄 아냐? 조카 일을 그리 몰인정허게 자르다니, 니놈이 천벌을 받을 거이다!"

정상규는 집으로 돌아가며 큰소리를 치고 있었지만 마음은 허전했다. 막상 찾아가서 부탁할 사람이 없었다. 돈이 아까워 평소에 교분을 트고 지낸 사람이 하나도 없으니 당연했다.

'빌어먹을, 도규 그놈 코를 납작허니 만들게 돈을 써……?'

정상규의 머리를 스친 생각이었다.

돈을 쓰면 면서기도 되고 금융조합이나 수리조합에 취직할 수 있다고 했다. 그런데 그 액수가 문제였다. 쌀 100가마니가 오간다는 소문이었다. 그 돈을 아끼려고 도규를 찾아갔는데 그렇게 박절하게 자를 줄은 몰랐다.

어쨌거나 아들놈들이 골칫거리였다. 어쩌자고 층층이 대학을 가려 드는지 모를 일이었다. 지주 자식들은 무조건 대학에 가는 것으로 되어 있었다. 대학을 다녀봐야 아까운 돈만 펑펑 써 댔지 무슨 큰 출세를 하는 것도 아니었다. 왜놈들에게 치여 본전도 못 찾고 비실거리기 일쑤였고, 동생 도규 놈처럼 못된 물이나 들어서 감옥에 드나드는 것이 고작이었다.

둘째 아들 의현이 놈이 저지른 일은 너무나 기가 막혔다. 대학 가지 말고 취직이나 하라고 했더니 다락 깊이 숨겨 둔 돈궤에서 몇 천 원이란 거금을 몽땅 털어 도망을 가 버렸던 것이다. 셋째 아들놈도 그 짓을 할까 봐 돈을 다 은행에 맡겨 버리고 취직자리를 구하러 나섰는데, 그만 첫판에 일이 깨지고 만 것이었다.

"빌어먹을, 쌀 100가마니를 들여 취직을 허면 얼마나 있어야 본전이 빠진다냐……."

정상규는 걸어가면서 손가락셈을 하기 시작했다.

정도규는 찜찜한 마음으로 집을 나섰다. 아무리 마음에서 지운 형이라 해도 핏줄이 무엇인지 신경 쓰이고 속이 상했다.

정도규는 고서완에게 가려고 군산으로 나섰다. 일을 시작한 지 몇 년 되는 날이라 기념 잔치를 연다고 했다. 가는 길에 유승현의 미곡상회에 들렀다. 유승현은 미곡상회를 튼실하게 운영하고 있었다. 유승현이 철저하게 관리를 하는 데다가 눈에 보이지 않게 관의 비호를 받기 때문이었다.

유승현과 미곡상을 동업을 한 데에는 여러 목적이 있었다. 첫째 위장 전향을 감추기 위해서였고, 둘째 조직의 활동 자금을 마련하기 위해서였고, 셋째 친일 감투를 쓰고 관에 이용만 당할 게 아니라 관의 힘을 이용하자는 것이었고, 넷째 관리들을 매수해 필요한 정보를 확보하자는 것이었다.

"마침 잘 왔네. 밥때는 되고 뱃속은 출출허고⋯⋯."

서류를 들여다보던 유승현이 돋보기를 벗으며 일어났다.

"부청에서 귀띔허는 소린디, 얼마 안 있어 쌀을 총독부서 통제헐 것 같으니 서서히 발을 빼라는 것이네. 어쩌면 좋겠능가?"

유승현이 걸으면서 말했다.

"전쟁을 크게 벌였으니 틀림없는 말인 것 같네. 손해 보지 않으려면 정리를 해야지."

"그런 다음에는?"

"글쎄⋯⋯, 전쟁판에서 뭐 재미 볼 만한 게 없을까?"

"몰라⋯⋯, 총이나 만들어 팔아먹는 사람들이나 호시절일지⋯⋯."

"뭔가 있긴 있을걸세. 그걸 찾아내 돈을 벌면 이중 효과 아니겠나? 총독부 돈을 우려내서 하는 거니까 말야. 부청 사람한테 술 사줘 가며 살살 긁어 보게."

"그려, 근디 회사는 언제 정리허는 것이 좋을랑고?"

"총독부 하는 일이야 꼭 미친년 널뛰듯 하지 않던가? 그런 냄새 풍기기 시작했으면 언제 갑자기 시행할지 모르니까 빠를수록 좋을 것 같네."

"내 생각도 그렇구마. 금방 정리허도록 허겠네."

"그거 서운한데⋯⋯."

정도규가 입맛을 다셨다.

"그려, 재미가 쏠쏠혔응게."

유승현이 비식 웃으며 음식점으로 발길을 돌렸다.

점심을 마친 정도규는 고서완에게로 발길을 서둘렀다. 고서완은 기독교 신자로서 작은 독립 사회를 이룩하고 있었다. 그는 자신의 농토를 모조리 집단화시키고, 사람들을 끌어들였다. 관에서 보기에는 종교운동이었고, 예수교인들의 공동생활이었다. 고서완은 그 공동 생산, 공동 소비의 조직을 이끌면서 관에서 시비 걸 만한 일은 하지 않았다. 철저하게 비정치적인 입장을 취해 조직을 보호하자는 것이었다. 세금 다 내고, 반일 활동을 하지 않으니 관에서는 눈독을 들이면서도 어쩌지 못했다. 그 조직은 함께 생산하고 함께 소비만 하는 단순 사회가 아니었다. 기독교를 통해 은근히 민족의식을 전파하고 있었다. 고서완은 기독교의 민족종교화를 실천하고 있는 김교신과 관계를 맺고 그가 발행하는 《성서조선》이라는 잡지를 바탕으로 사람들을 묶고 있었다. 공회당은 있어도 교회당은 없는 예수교인들의 마을, 그것이 고서완이 이룩한 세계였다.

정도규는 회의적이던 처음 생각과 달리 그런 결실을 맺은 고서완을 높이 평가했다. 비록 미온적이고 소수만 참여하는 것이라 해도 거미줄 쳐 놓은 듯한 일제의 강압 체제 속에서 그래도 한줄기 숨통을 틔운 새로운 방법이었다.

정도규는 고서완을 생각하면 그때의 일을 잊을 수가 없었다. 위장 전향을 하고 1년이 가까워질 무렵이었다. 미곡상회 일로 유승현과 함께 부청에서 나오다가 고서완과 마주쳤다. 분명 서로 알아보았는데 고서완은 외면하고 그냥 지나쳐 갔다.

"고 형, 고 형!"

정도규는 뛰어가 고서완을 붙들었다.

"서로 알은체하지 맙시다."

고서완이 팔을 뿌리쳤다. 정도규를 노려보는 그의 눈에는 싸늘한 불꽃이 일고 있었다.

정도규는 꼿꼿하게 선 고서완의 뒷덜미를 바라보며 그에게만은 속을 털어놓고 싶은 유혹에 빠졌다.

정도규는 결국 그를 찾아갔다.

"할 말이 있어 왔소."

정도규는 고서완의 눈을 바라보았다.

"들을 말 없소."

고서완도 정도규의 눈을 쏘아보았다.

"우리가 활동을 시작하던 때의 진실로 말하겠소. 수박을 보되 겉만 보지 마시오. 할 말 다 했소."

정도규는 돌아섰다. 아내에게도 하지 않은 말이었다. 고락을 같이하던 동지에게만 할 수 있는 말이었다.

며칠이 지나 고서완이 찾아왔다. 그들은 아무 말 없이 서로의 손을 움켜잡았다.

정도규는 20리 길을 빨리 걸어 고서완의 동네에 도착했다.

"어서 오십시오. 안 오시는 줄 알았습니다."

그동안 몇 차례 낯을 익힌 이경욱이 정도규를 맞이했다. 그의 얼굴에는 명창 옥비를 쫓아다니던 때의 젊음은 다 스러지고 없었다.

"안 올 리가 있소."

정도규도 반갑게 인사했다.

막걸리와 돼지고기로 차린 잔칫상은 조촐했다.

"잔치랄 게 있나요. 1년 농사 앞두고 단합 잘하자는 뜻이지요."

고서완이 막걸리를 따르며 말했다.

두 사람은 술잔을 단숨에 비우고 돼지고기를 집어 양념 된장에 찍었다. 그 순간 정도규와 고서완의 눈길이 마주쳤다. 그들의 뇌리에는 고서완이 최초의 동정파업을 성공적으로 이끌고 나서 비밀 장소에서 술상을 같이했던 그날 밤의 기억이 스쳐 지나가고 있었다.

"맛은 그날 밤 그대로요."

정도규가 돼지고기를 씹으며 서글픈 듯 웃었고,

"그렇군요."

고서완도 돼지고기를 우물거리며 쓸쓸한 듯 웃음을 흘렸다.

열흘쯤 지나 정도규는 작은형이 쓰러졌다는 연락을 받았다.

"셋째가 안방을 뒤져 백 마지기 논문서를 빼내 갖고 군산에서 똥값에 팔아넘기고는 줄행랑을 쳐 부렀구만이라. 아들이 없어진 다음에야 그 탈을 알게 된 아부지가 눈 뒤집어져 펄펄 뛰다가 입에 거품 물고 넘어갔는디, 여태 정신이 안 돌아오는구만이라."

심부름 온 머슴은 마치 뱃속이 시원하다는 듯 가락까지 맞춰 가며 이야기를 엮었다.

정도규가 갔을 때 작은형은 혼수상태에 빠져 있었다. 거친 숨소리며 가래 끓는 소리가 심상치 않았다.

정도규는 곧바로 작은형을 병원에 입원시켰다.

정상규는 나흘 만에 정신이 깨어났다. 그러나 왼쪽 몸에 마비가 왔고 말도 잘하지 못했다. 의사의 말로는 상태가 나아질 수도 나빠질 수도 있다고 했다.

일단 한시름 놓은 정도규는 집에서 쉬고 있었다. 그런데 뜻밖의 소식이 왔다.

"고 선생님이 체포되셨습니다."

이경욱의 말이었다.

"아니, 무슨 일로?"

"예, 성서조선 사건으로 김교신 선생께서 체포되고, 전국의 독자들까지 잡아갔습니다."

"성서조선 사건이라니요?"

"예, 이번 3월호에 조선의 민족혼을 고취하고 반일 사상을 전파했다고 잡지를 폐간시키고 주필 김교신 선생을 비롯해서 함석헌 같은 연루자 13명을 체포한 사건입니다."

"이러고 있을 때가 아니오. 갑시다, 군산으로."

정도규는 자리를 차고 일어섰다.

김교신은 사대주의에 빠져 있는 식민지 교회의 타락상과 교권주의에 반기를 든 무교회주의자였다. 그는 조선 기독교의 식민지성을 거부하며 조선의 기독교는 조선 민족의 종교가 되어야 한다는 민족종교론을 내세웠고, 그 실천을 위해 《성서조선》을 발간해 왔던 것이다.

공산당도 조선공산당은 다른 나라의 그것과 달라야 하듯 기독교도 조선 김치 냄새가 나는 기독교가 되어야 한다.

김교신은 이런 글을 거침없이 《성서조선》에 실었다. 미국의 원조 아래 운영되고 있는 교회들은 그를 이단자로 몰아붙였다. 그가 실현하고자 하는 기독교의 민족종교화 정신은 조선의 독립에

연결되어 있었다. 그는 기독교의 주요 교파들이 신사참배라는 종교적 굴욕을 받아들이는 상황 속에서도 끝끝내 신사참배와 창씨개명을 거부했다.

32

강제징용

금예는 필룡이가 남편감으로 눈에 차지 않았다. 전동걸과 비교해서가 아니었다. 필룡이는 마음씨 무던하고 부지런했다. 하지만 머슴이라는 게 딱 싫었다. 그리고 소작을 부치며 가난하게 살더라도 초가삼간 한 채는 있어야 했다. 그런데 새경으로 그만한 돈을 모아 놓았을 것 같지도 않았다. 얼굴이 못생긴 것도 싫었다. 하지만 필룡이가 자꾸 치근덕거리는 바람에 동네방네 소문이 나 버렸다.

"으쩌냐, 필룡이가 니를 좋아허냐?"

그 소문을 듣고 보름이가 금예에게 물었다.

"……야아."

"니허고 혼인헐 맘이 있냐 그것이여."

"······야아."

"별수 있겄냐? 소문 더 나기 전에 혼인혀야제."

보름이가 한 말이었다.

보름이는 밤새도록 뒤척이며 잠을 설쳤다. 윗방의 딸도 잠을 못 자는 듯했다. 큰딸을 시집보낼 때만 해도 점방의 벌이가 쏠쏠해서 시집보낼 채비를 차근히 갖출 수 있었다. 그런데 이제 남에게 얹혀사는 처지이고 보니 횟댓보 하나 제대로 갖춘 게 없었다. 그러고 보면 필룡이가 피붙이 하나 없는 외톨이라는 게 흠이 아니라 오히려 다행인지도 몰랐다. 만약 형제 많고 사촌 많은 집이라면 그 뒷감당을 어찌했을 것인가? 젊어 고생 사서도 하더라고 저희들이 뜻 맞추어 부지런히 살면 서른 안에 논마지기를 장만하지 못할 것도 없었다. 인정 많은 홍 씨가 머슴 새경에 한 톨이라도 더 보탰으면 보탰지 축낼 리 없었던 것이다.

보름이는 에미 노릇을 제대로 할 수 없는 시름 속에서도 좋은 쪽으로 생각하려 애썼다.

이튿날 보름이는 홍 씨를 찾아가 혼인 얘기를 꺼냈다.

"필룡이가 다 컸구만요······."

홍 씨는 그저 잔잔하게 웃기만 했다.

홍 씨의 그런 반응에 보름이는 그저 홍 씨를 멍하니 바라보았다.

"필룡이는 머슴이라기보다 내 자식 같은 사람이구만요. 필룡이가 각시감은 제대로 고른 것 같고, 요것이 다 부처님 인연이니 혼인시키는 것이 어쩌겠소? 혼례는 내가 다 알아서 헐 것이니 보살님은 아무 걱정 마시게라."

홍 씨가 환하게 웃으며 말했다.

"지가 갖춘 것이 없어서……."

보름이는 그 넓은 마음씨에 감읍하며 고개를 떨구었다.

"필룡이가 그동안 새경 받아서 모은 돈만으로도 집이나 살림살이는 다 장만헐 수 있구만요. 필룡이가 원체 맘이 여문게라. 그러니 보살님은 통 맘 쓰지 마시씨요."

홍 씨는 이렇게 말을 맺었다.

보름이가 올 때와는 달리 밝은 얼굴로 돌아가자 홍 씨는 마음이 바빠졌다.

"요놈이 절에서 도망을 나왔는디, 지가 이 험헌 세상에서 뭘 해 먹고살 것이오. 거렁뱅이 허는 놈을 붙들었는디, 절에는 죽어도 안 가겠다 허고, 어디 인심 좋은 집에서 머슴살이라도 허게 해 달라고 통사정이니 두고 부려 보시오. 심성은 바르니 딴 말썽은 안 피울 것이오. 요것도 다 부처님 인연 아니겠소."

공허 스님이 필룡이를 데려와 한 말이었다. 공허 스님 말씀대로 필룡이는 착하고 부지런했다. 절에서 한문까지 배워 다른 머슴들

하고는 달랐다.

열흘 뒤, 필룡이와 금예는 혼례식을 올렸다. 홍 씨 말마따나 필룡이는 몇 년 동안 새경을 받아 모은 돈으로 집과 신접살림을 거뜬히 해결했다. 홍 씨는 혼례식과 잔치를 차리는 따위의 뒤치다꺼리들을 도맡았다. 보름이는 홍 씨에게 너무 많은 폐를 끼쳐 몸 둘 바를 몰랐다.

필룡이는 장모를 모시고 살겠다고 했지만, 보름이는 딱 잘라 거절했다. 아직 사지 멀쩡한데 사위에게 얹혀살고 싶지 않았고, 또 필룡이를 자식처럼 생각하는 홍 씨에 대한 도리도 아니었다. 필룡이가 마음을 좋게 써서 그런지 금예도 처음보다 필룡이를 훨씬 좋아하는 눈치였다.

"어이, 보살님이 자네를 자식으로 생각허시는 것 알제?"

보름이가 사위에게 조심스레 물었다.

"야아."

"그려, 혼인혔응게 더 열성으로 일해야 허네 잉?"

"야아, 알고 있구만이라우."

"하면, 보살님 은덕을 갚어야제. 그리고 금예 니도 더 부지런히 보살님 댁에 일손 보태고."

"엄니는 참말로, 내가 애기요?"

금예는 눈을 흘기며 입을 삐쭉했다.

필룡이는 장모의 말을 새겨들은 듯 전보다 더 열심히 일했고, 금예도 홍 씨네에서 일손을 재게 놀렸다.

"보시오, 참 잘 어우러진 인연이제. 금실 좋다고 소문도 짜허고."

홍 씨는 필룡이와 금예를 바라보며 무척 흐뭇해했다.

"다 보살님 덕이제라."

보름이는 이 말밖에 할 말이 없었다.

신혼 한 달이 후딱 지나갔다. 배필룡은 어느 날 면사무소의 호출을 받았다.

"배필룡, 모레 징용을 떠난다!"

면서기가 내쏘듯 한 말이었다.

"야아?"

배필룡은 소스라치게 놀랐다.

"모레 아침 8시까지 면사무소 앞으로 집합한다. 만일 피했다가 잡히면 평생 콩밥 신세니까 똑똑히 알아 둬. 아침 8시야!"

면서기의 싸늘한 외침이었다.

"내가 징용을 나가면 우리 식구들은 뭘 먹고 살란 말이오?"

김장섭은 열이 받쳐 소리를 지르고 싶은 것을 가까스로 참았다.

"노임이 월 18원에서 20원씩이니 소작질보다 나을 것잉마."

얼굴 핼쑥한 면서기가 펜촉에 잉크를 찍으며 말했다.

"고것이 뭣이 낫소? 처자식허고 갈라져 타국에서 고생허는 것에 비허면 아무것도 아니제."

그 말을 믿을 수가 없어 김장섭의 목소리는 여전히 불퉁스러웠다.

"여러 소리 말고 2년만 다녀오시오. 너나없이 2년씩 다 나가게 되야 있응게."

면서기는 손버릇인 듯 자꾸 펜촉에 잉크를 찍었다.

"참말로 환장허겠네."

김장섭은 한숨을 푹푹 내쉬며 일어설 수밖에 없었다.

"낼 아침 7시까지 나와야 허요. 도망갔다가 잡히는 날에는 평생 감옥살인게."

어제저녁 때 집으로 찾아왔던 낯선 사내가 큰 소리로 말했다.

김장섭은 맥이 풀려 터벅터벅 걸음을 옮겼다. 벌써 삼사 년 전부터 사람들이 징용에 끌려갔다. 해마다 그 수가 불어나서 조마조마하며 살았는데 결국 자신에게도 닥친 것이었다.

'이 일을 어찌해야 좋은가……?'

김장섭은 무슨 수를 쓰든 징용에 끌려가고 싶지 않았다. 징용에 끌려가느니 차라리 만주 이민을 가는 게 나을 것 같았다. 만주로 가면 그래도 처자식과 헤어지지는 않을 수 있었다. 식구들과 2년씩이나 헤어진다는 게 너무 불안했다. 노임을 준다는 말도 믿을 수 없었다. 그동안 속은 일이 한두 가지가 아니었기 때문이다.

김장섭은 먼 들녘 끝을 넋 놓고 바라보았다. 도무지 세상살이가 막막하고 암담하기만 했다.

'아부지, 참말로 환장허겄구만요. 아부지는 요런 때 어찌허실랑게라……?'

무슨 응답이 있을 리 없었다. 김장섭은 또 뭉텅이진 한숨을 토했다.

"조금도 무서워하지 마시오. 여러분이 철통같이 뭉치면 왜놈들도 꼼짝 못합니다. 이건 여러분만 잘살기 위해서가 아닙니다. 여러분이 내는 소작료도 깎고 독립운동도 하는 것입니다. 총을 들고 싸워야만 독립운동이 아닙니다. 조선 사람 하나하나가 왜놈들의 압제와 핍박을 견디고 이겨 내는 것은 모두 독립운동입니다. 편하고 쉽게 살겠다고 왜놈들의 밀정으로, 앞잡이로, 끄나풀로 자꾸 나서게 되면 조선은 영영 되찾을 수 없습니다. 여러분처럼 왜놈들에게 고통을 당하면서 맞서고 견디고 반감을 품은 사람들이 있어야만 조선을 되찾을 수 있습니다. 그러니까 여러분도 다 당당한 독립운동가입니다. 다만 총을 들고 싸우는 분들보다 그 공이 좀 작을 뿐입니다."

10여 년 전 소작쟁의를 일으키기 전에 간부들을 모아 놓고 정도규 선생이 한 말이었다.

"그려, 자식들을 생각혀서라도 내가 힘을 차려야제. 내가 휘둘리면 그것들 앞날이 어찌 되겄냐?"

김장섭은 이를 맞물며 마음을 공글렸다. 피할 수 없다면 2년만 참고 견디면서 이겨 내야 했다.

김장섭은 집으로 가기 전에 한기팔의 집에 들렀다.

"아재, 시방 면사무소 다녀오는 길인디, 징용 나가게 되았구만요."

"뭣이여!"

한기팔이 소스라쳤다.

"아이고메, 고것이 언제당가?"

월전댁이 부엌에서 뛰쳐나왔다.

"낼 아침 7시다요."

김장섭은 마루에 엉덩이를 걸쳤다.

"빌어먹을 놈들이 하루 짬도 다 안 주고……."

한기팔이 침을 내뱉었다. 그도 이제 소작살이가 힘에 부칠 만큼 늙어 있었다.

"기왕 가려면 하루라도 일찍 떠서 2년 채워야제라."

김장섭의 표정 없는 말이었다.

"그럼 오늘 저녁 우리 집에서 먹세. 송산댁이고 아그들도 다 데려 오소. 송산댁 심란혀서 밥 헐 맘이 있겄능가?"

월전댁이 치마 끝을 뒤집어 나오지 않는 코를 풀며 말했다.

"야아, 가 볼랑마요."

김장섭은 몸을 일으켰다.

이튿날 아침 김장섭은 보통이 하나를 들고 면사무소로 나갔다. 그는 아내고 누구고 따라 나오지 못하게 했다. 오래 마음을 상하고 싶지 않았던 것이다.

집으로 찾아왔던 낯선 그 사내가 나서서 차례로 이름을 불렀다. 모두 50명이었다. 그 사내가 자신들을 인솔할 반장이라는 것을 사람들은 그때서야 알았다.

그들은 기차를 타고 부산으로 갔다. 부산항에는 다른 지방에서 온 징용자들까지 합해서 400여 명이 모였다. 일본 사람들이 나타나 인원 점검을 했다. 인원 점검이 끝나고 배에 올랐다. 시모노세키로 가는 배라고 했다.

선실 창문 밖으로 항구가 느리게 멀어지고 있었다. 사람들은 눈시울 젖은 눈으로 밖을 내다보았다. 김장섭은 벽에 등을 기대고 멍하게 앉아 있었다.

배필룡은 다른 선실에서 자꾸 눈물을 훔쳤다. 낯선 곳으로 가는 게 무서워서가 아니었다. 정도 들기 전에 아내와 이별하는 게 서러웠고, 다짐하고 또 다짐했지만 아무래도 금예의 마음이 변해버릴 것만 같았다.

33

하와이의 지원병

일본의 진주만 폭격으로 하와이 분위기는 완전히 달라졌다. 섬 전체가 전쟁 상태로 돌입해 군용차들이 무시로 질주했고, 밤에도 탐조등이 푸른빛을 쏘며 어둠 속에서 엇갈리고 있었다. 군인도 훨씬 더 많이 불어났다.

일본 사람들은 콧대 높던 그전과는 반대로 기가 꺾여 비실거렸다. 미국 정부는 일본 사람을 적국 국민으로 취급했을 뿐만 아니라 수상하다고 생각하면 마구 체포했다. 그렇다고 일본으로 돌아갈 수도 없었다. 이미 재산 동결령과 함께 출국 금지령이 내려져 있었다. 일본 사람들에게 이제 하와이는 자유천지가 아니라 감옥이 되어 버린 셈이었다.

조선 사람들은 반대로 입장이 훨씬 좋아졌다.

그런데 조선 사람들이 일하는 농장마다 광복군을 모집한다는 소식이 퍼졌다.

"임시정부에서는 작년부터 광복군을 모집해 왔습니다. 아시는 분도 더러 있겠지만, 임시정부는 왜놈들이 진주만을 기습한 다음 날 곧바로 일본에 선전포고를 했습니다. 그것은 우리나라도 미국을 비롯한 연합국과 함께 일본을 쳐부수러 나섰다는 뜻입니다. 그래서 임시정부는 다시 광복군을 모집하고 있고, 우리 미국 동포들도 지원하기를 바라고 있습니다. 우리는 그동안 혈세를 모아 끊임없이 임정을 도왔습니다. 그런데 조국의 독립을 위해 새롭게 봉사할 기회가 왔습니다. 지금은 일본을 멸망시킬 다시없는 기회입니다. 일본은 반드시 패망합니다. 조선총독부가 발행하는 신문을 보면 벌써 몇 년 전부터 자동차 기름이 없어서 숯으로 물을 끓여 그 증기로 가는 목탄차를 개발했고, 무기 만들 쇠가 모자라 고철을 거둬들이는 운동을 하고 있습니다. 지난 7월에는 탄피 만드는 데 쓰려고 집집마다 유기그릇을 공출하라는 지시를 내렸답니다. 물자가 부족해 이렇게 발광하고 있는 일본이 물자가 풍부한 미국을 상대로 어떻게 되겠습니까! 이 좋은 기회에 일본을 쳐부수러 나서지 않고 언제 나서겠습니까? 여러분은 지난날 국민군단의 깃발 아래 만주로 싸우러 가기를 원했지만 기회를 얻

지 못했습니다. 이제 여러분의 자식들이 그때 여러분의 나이가
되었습니다. 여러분이 이루지 못한 뜻을 자식들이 이룰 수 있도
록 도와주십시오. 하늘이 내린 기회입니다. 우리 다 같이 힘을
합칩시다."

한인회 간부들이 농장을 돌면서 이런 강연을 했다.

"지원을 하면 어디로 갑니까?"

사람들은 궁금한 것을 묻기도 했다.

"예, 임정이 있는 중국 땅 중경으로 갑니다."

사람들은 모여 앉으면 그 이야기였다. 그러나 광복군에 지원할
수 있는 청년들은 그리 많지 않았다. 대부분 늦장가를 든 탓에
자식들이 만 19세에 이르지 못한 경우가 많았다.

방영근도 그런 사람들 가운데 하나였다. 방영근은 당연히 아들
을 보내야 한다고 생각했지만 큰아들이 지원 자격에서 두 살 어
렸다. 그렇게 되자 방영근은 다른 사람들에게 지원하라고 말하기
가 난처했다. 목숨을 내건 전쟁터로 보내는 일인데 자기 자식을
먼저 지원시켜 놓고 남들에게 권하면 모르지만 처지가 그렇지 못
해 말 꺼내기가 몹시 조심스러웠다.

그 일로 싸우는 집안도 생겨났다. 남자는 지원을 시키려 하고
여자는 반대하다가 벌어지는 싸움이었다.

"반장님, 빨리 우리 집 좀 가 보세요. 우리 아빠가 엄마 죽여요."

어느 날 저녁 임달호의 딸이 방영근의 집으로 뛰어들어 발을
동동 굴렀다.

방영근은 아내와 함께 집을 나섰다.

"아이고, 와 이럽니꺼? 요것 놓고 말로 하이소, 말로."

방영근의 아내는 임달호네 방으로 뛰어들며 소리쳤다.

임달호는 제 아내에게 주먹을 휘두르고 있었고, 그의 아내는 빽빽 소리를 지르고 있었다.

"이 사람아, 이러지 말고 이리 앉소."

방영근은 임달호를 붙들어 앉혔다.

"흥, 또 때려 봐. 둘이 낳은 자식들인데 왜 자기 맘대로 하려고 그래. 반은 내 자식이니까 내 말도 들어야지."

임달호의 아내가 빠르게 말을 내쏘았다.

"저, 저, 주둥이 놀리는 것 좀 봐. 저러니 내가 안 패게 생겼어?"

임달호가 눈을 부라렸다.

"메리 어무이, 무슨 일로 이리 당허능교?"

방영근의 아내가 임달호의 아내를 편드는 말투로 물었다.

"아 글쎄 톰을 광복군에 보내야 한다고 열을 내잖아요. 그래 안 된다고 했더니 패는 거예요. 아이, 분해."

임달호의 아내는 헝클어진 머리를 손가락으로 빗질하며 바르르 떨었다.

"저것 봐, 창피한 줄도 모르고. 무식한 여편네 같으니라구."

임달호가 혀를 찼다.

"그래요, 난 무식해요. 잘살아 보자고 이 하와이까지 와서 파인애플 가시에 얼굴이고 손이고 다 찔리고 긁혀 곰보딱지가 되다 못해 문둥이 꼴이 돼 가면서 키운 자식이에요. 헌데 느닷없이 전쟁터로 보내자니 말이나 돼요? 톰을 보내려면 날 죽이고 보내요."

임달호 아내의 태도는 완강했다.

"닥치지 못해! 전쟁에 나간다고 다 죽는 것도 아니고, 잔소리 말고 보내."

임달호가 강하게 말했다.

"안 돼요. 죽어도 못 보내요."

그의 아내의 목소리는 더 강했다.

"톰은 뭐라고 허능가?"

방영근은 임달호에게 물었다.

"아직 안 물어봤네."

"그럼 당사자인 톰헌티 물어보고 그 뜻에 따르도록 허소."

방영근이 절충안을 내놓았다.

"네, 좋아요. 그게 좋겠어요."

임달호의 아내는 자신 있다는 듯 얼른 대답했다.

"요것은 부부가 싸워서 될 일이 아니시. 그저 순리로 풀도록
허소."

방영근은 임달호의 허벅지를 두어 번 두들기고는 일어섰다.

이틀이 지나 구상배의 아들 토마스가 방영근을 찾아왔다.

"아저씨, 저 광복군에 지원하기로 했습니다."

토마스가 불쑥 내놓은 말이었다.

"뭣이여? 어무님은 뭐라고 허시드냐?"

방영근은 토마스의 손을 잡았다.

"어머니가 안 된다고 야단이라서 아저씨를 찾아온 겁니다. 아저
씨가 말씀 좀 잘해 주세요."

"그러실 만도 허다. 아부님이 안 계시니."

방영근은 무겁게 고개를 끄덕거렸다.

방영근은 이튿날 저녁을 먹고 나서 토마스네 집으로 갔다.

"저……, 토마스가 광복군에 지원헌다고 허등가요?"

방영근은 조심스럽게 입을 열었다.

"와예? 그놈아가 반장님 찾아갔등교?"

토마스의 어머니가 대뜸 기를 세웠다.

"야아, 찾어와서 걱정이 많드만이라."

"반장님요, 생각 좀 해 보시이소. 애국도 좋고 독립도 좋지만도 지가 애비 없는 집안 장남 아닌교? 전쟁터로 간다니 말이나 되는 소린교?"

토마스의 어머니는 눈물을 찍어 냈다.

"야아, 그 말씸도 맞는디, 토마스 뜻이 아주 굳드만요. 저세상서 아부지가 바라시는 것이라면서."

"뭐라꼬예?"

토마스의 어머니는 싸늘한 얼굴로 방영근을 쏘아보았다.

"그래, 반장님은 그놈아 말이 옳다 생각허고 날보고 그놈아를 중국 땅으로 보내라 헐라고 왔능교?"

그녀의 말은 표독스러울 만큼 날이 서 있었다.

"아, 아니구만요. 그냥……, 토마스 뜻이 그런디 어무님 생각은 어떠신가 알아볼라고……."

당황한 방영근은 무슨 말을 어떻게 해야 좋을지를 몰라 어물

어물했다.

"보이소 반장님, 내사 반장님 속 빤히 아능기라요. 토마스 그놈아가 반장님 찾아가서 에미가 못 가게 헌단 말 다 했고, 반장님은 그놈아 부탁받고 내 맘 돌릴라꼬 오신 기라요. 허지만 누가 무슨 소리를 해도 내 맘은 돌뎅잉기라요. 택도 없임더."

토마스의 어머니는 더 말도 꺼내지 말라는 듯 고개를 짤짤 흔들었다.

"야아, 알겄구만요."

방영근은 더 무슨 말을 붙일 수가 없어서 물러섰다.

며칠이 지나 광복군 지원자들의 환송식이 열렸다. 지원자는 모두 6명이었다. 임달호의 아들은 결국 지원하지 않았다.

토마스는 지원자들 대표로 출정사를 읽었다.

"조국의 부름을 받고 저희는 떠납니다. 저희는 양 어깨에 조국의 해방, 조국의 독립이라는 성스러운 사명을 짊어지고 있다는 것을 잘 알고 있습니다. 저희는 피 끓는 젊음을 바쳐 강도 일본을 쳐부수고 기필코 사명을 완수하여 부모 형제들 앞에 당당하게 개선할 것을 맹세하는 바입니다. 부모 형제 그리고 동포 여러분, 저희들 앞길에 크나큰 성원을 보내 주시기 바랍니다."

출정사를 낭독하는 동안 식장에는 숙연한 침묵이 드리웠고, 여자들은 눈물을 훔쳤다.

소리 없이 우는 토마스의 어머니와 나란히 앉은 방영근은 콧날이 찡해 천장만 올려다보고 있었다. 자식 이기는 부모 없더라고 토마스의 어머니도 결국 아들의 고집에 꺾이고 말았던 것이다.

환송식이 끝나자 지원자들은 겹겹이 걸린 하와이의 꽃목걸이에 묻히다시피 해서 배에 올랐다.

"아아리라앙 아아리라앙 아아라아리이요오오……."

사람들이 눈물을 흘리며 〈아리랑〉을 불렀다. 그 노래는 언제부터인지 모르게 식민지 민족의 망향가이고 이별가이고 환희가이며 애국가가 되어 있었다.

34

결의

전동걸은 전차 정거장에서 지요코를 확인했다. 지요코도 이쪽을 확인한 눈치였다.

전차가 왔다. 지요코는 타지 않았다. 전동걸은 신문을 읽는 체하고 있었다.

군가가 들려왔다. 전동걸은 고개를 들었다. 군용차량이 줄지어 달려왔다. 그 트럭에 탄 사람들이 팔을 뻗으며 군가를 부르고 있었다. 군복을 입지 않은 그들은 훈련소로 가는 입영자들이었다.

노래를 부르는 젊은이들을 보고 길가의 사람들이 박수를 쳤다. 젊은이들이나 시민들이나 전쟁의 승리에 취해 힘이 솟는 모양이었다.

트럭은 모두 12대였다. 전동걸은 저도 모르게 그 수를 셌다. 저렇게 일본 청년들이 끌려가다가 동이 나면 어떻게 될까 하는 걱정 때문이었다. 일본 청년들이 동나기 전에 전쟁이 끝나면 모르지만 그렇지 않으면 조선 청년들도 무사할 리 없었다.

전차가 종을 땡땡거리며 달려왔다. 전동걸은 재빨리 지요코 쪽으로 눈길을 보냈다.

지요코는 앞문 쪽으로 가고 있었다. 전동걸은 뒷문 쪽으로 가서 지요코가 전차에 오르는 걸 확인하고 전차에 올랐다.

전동걸은 천천히 전차 한가운데로 갔다. 지요코도 가운데로 오고 있었다. 양쪽에 떨어져 있으면 내릴 때 신호를 주고받는 게 곤란했다.

전동걸은 또 신문을 읽는 척했다. 그런데 그의 머릿속에 두 여자의 얼굴이 떠올랐다. 지요코와 이미화였다.

이미화와 지요코. 두 여자는 조선 여자와 일본 여자라는 차이만 있는 것이 아니었다. 그 차이만큼이나 인물도 성격도 의식도 달랐다. 이미화는 흰 꽃처럼 예쁘고 연약하게 생겼는데 지요코는 야생화처럼 개성적이고 강인하게 생겼고, 이미화가 수줍고 내성적이라면 지요코는 활달하고 외향적이었으며, 이미화는 감상적이고 사회적 관심이 미약한데 지요코는 논리적이고 사회주의 의식이 확고했다.

이미화와 지요코를 비교하기 시작한 것은 벌써 서너 달이 되었
다. 이미화도 지요코도 자신에게 좋은 감정을 보내오면서부터였

다. 그러니까 이미화와 지요코의 유일한 공통점은 자신을 좋아한다는 것이었다.

여섯 번째 역에서 지요코가 눈짓했다. 전동걸은 천천히 뒷문 쪽으로 걸음을 옮겼다. 지요코는 앞문 쪽으로 가고 있었다.

그들은 사람들에 섞여 전차에서 내렸다. 지요코가 앞서 걸었고 전동걸은 20미터쯤 떨어져 뒤따랐다. 지요코는 길 안내자였고, 전동걸은 미행 감시자였다.

지요코와 전동걸이 들어가면서 집회 장소에는 여섯 명이 모여 앉았다. 10분쯤 간격을 두고 두 명씩 짝지어 네 명이 더 나타났다. 사혁회 회원이 다 모인 것이었다. 사회주의 혁명 실천을 위한 그 비밀 조직에는 일본 학생이 셋이었다. 여자가 둘, 남자 하나였다. 그리고 나머지 일곱은 모두 조선 남학생이었다.

"다 모였으니 회의를 시작하겠습니다."

회장 최우한이 좌중을 둘러보았다. 그는 일본 회원들을 위해 일본말로 말했다.

"오늘 회의를 소집한 것은 두 가지 문제 때문입니다. 첫째는 투쟁 방향의 문제이고, 둘째는 회원을 늘리는 문제입니다. 두 번째 문제는 첫 번째 문제를 어떻게 결정하느냐에 따라 달라질 수 있으므로 첫 번째 문제부터 토의하겠습니다. 현재의 상황은 동지 여러분도 알다시피 일본에나 조선에나 국민총동원령이 내려져 있습니다. 남자들이 전쟁터로 끌려간 공백을 메우기 위해 부녀자들이 공장에 투입되어 무기를 생산하고, 심지어 미성년자나 여자들까지 탄광에서 채탄 작업을 시킬 수 있는 법까지 공포했습니다. 이는 군국주의 파쇼의 광분한 모습 그 자체이며, 언제 우리 학생들에게도 징집영장이 날아들지 모르는 상황입니다. 그러나 이런 상황이 꼭 나쁜 것만은 아닙니다. 왜냐하면 파쇼를 분쇄하고 사회주의 건설을 도모할 좋은 기회이기도 하기 때문입니다. 따라서 우리는 상황이 더 나빠지기 전에 우리의 행동 방향을 정해야 합니다. 토의를 통해 건설적인 결론을 얻을 수 있기를 바랍니다."

회장의 개요 설명이었다.

회원들은 모두 생각에 잠긴 얼굴로 앉아 있었다.

"현재 상황으로 보아 곧 대학생도 징집을 할 겁니다. 그렇게 되면 우리는 징집에 응하느냐 거부하느냐 두 가지 길밖에 없는데, 우리가 선택할 길은 징집 거부일 수밖에 없습니다. 징집을 거부할 경우, 국내에서 징집을 피하며 투쟁을 하는 길과 국외로 탈출하여 국제 연대 속에 투쟁을 하는 길이 있습니다. 그러나 일본이나 조선이나 경찰 수사망은 거미줄 치듯 촘촘하고, 앞으로 더 강화될 것입니다. 그렇게 볼 때 국내에서 징집을 피하며 투쟁한다는 것은 불가능한 일입니다. 결국 국외로 탈출하는 길밖에 없지 않을까 생각합니다."

"징집을 거부해야 한다는 것은 두말할 나위 없는 일이고, 앞서 말씀하신 대로 징병을 기피한 지하투쟁도 완전히 불가능합니다. 결론은 국외로 탈출해서 국제 연대 투쟁을 모색해야 하는데, 연대 세력으로는 소련과 중국공산당이 있습니다. 그러나 현재 소련은 반파쇼 투쟁에 적극적이지 않습니다. 그러면 남는 건 중국공산당입니다. 중국이 우리의 유일한 선택이 아닐까 합니다."

"그 의견에 동의합니다. 그러나 제가 알기로 중국공산당의 홍군은 국민당군과 합작을 하면서 제8로군으로 바뀌었고, 그 밖에도 여러 부대가 활동하고 있는 모양인데, 그 부대들 중에 어느 부대와 연계해야 하는지도 문젭니다. 그런데 우리 회원들은 그 부대들의 실상을 잘 모르고 있습니다. 혹시 회장님이 그 정보를 가지고 계시면 공개해 주시기 바랍니다."

"예, 지금까지 발언한 모든 분이 국외 투쟁을 제안했습니다. 먼저 이에 대한 전체 의견을 묻고, 중국공산당 문제는 그다음에 논의하면 좋겠습니다."

회장의 말이었다.

"예, 좋습니다."

"동의합니다."

"그럼, 찬성하시는 분 거수해 주십시오."

모두가 손을 들어 올렸다.

"예, 만장일치로 국외 연계 투쟁이 결정되었습니다."

회장의 말에 그들은 손바닥이 서로 엇갈려 소리가 안 나는 공박수를 쳤다.

"그럼 중국공산당군 문제로 넘어갑시다. 만주의 동북항일연군은 몇 년에 걸쳐 치열하게 싸우다 궤멸 상태에 빠졌고, 그 밖의 부대가 중국에서 싸우고 있다는 것을 막연하게 알 뿐 정확한 정보는 저도 갖고 있지 않습니다. 빠른 시일 안에 정확한 정보를 확보하도록 하겠습니다."

회장은 계면쩍은 듯 웃고는, "그럼 회원을 늘리는 문제를 논의해 주십시오." 하며 자리를 고쳐 앉았다.

"회원은 많을수록 좋지만 많이 늘리지 못하는 건 우리 조직이 죽느냐 사느냐 하는 문제이기 때문입니다. 지금까지 그래 왔듯 신중할 것을 제의합니다."

"신중하자는 의견에는 찬성합니다. 그러나 그동안 우리는 반파쇼 선전 사업을 전개하면서 회원을 늘리는 노력도 해 왔습니다. 국외 세력과의 연대가 결정된 마당에 한 사람이라도 더 국외로 나가는 것이 중요합니다. 회원을 늘리는 것 자체가 적극적인 반파쇼 투쟁이기 때문입니다."

"두 의견 다 장단점이 있습니다. 신중을 기하자는 것은 조직의 안전을 위해서는 좋지만 조직을 확장할 수는 없습니다. 그리고 적극적으로 회원을 늘리자는 것은 조직을 확장할 수는 있지만 조직의 생명에 위험이 따를 수 있습니다. 그러므로 두 가지 안을 절충하는 게 어떨까 합니다. 다시 말하면, 조직을 확장하되 안전을 위해 그 시기를 우리가 국외로 탈출하기 직전으로 하는 것입니다. 그렇게 하면 두 가지 목적을 모두 달성할 수 있지 않을까 합니다."

더는 발언자가 없었다.

"신중론과 확장론, 그리고 절충론이 나왔습니다. 이 세 가지 의견을 표결에 부치면 어떨까 합니다."

"예, 좋습니다."

"찬동합니다."

"예, 그럼 절충론에 찬성하시는 분 거수해 주십시오."

신중론과 확장론을 내놓은 두 사람을 빼고 모두 손을 들었다.

"발언자를 뺀 전원 일치의 찬성으로 절충론이 채택되었습니다. 이상으로 오늘의 두 가지 안건에 대한 결의를 마칩니다. 보류한 두 가지 문제, 중국공산당 부대들의 실태 파악과 우리의 탈출 시기에 대해서는 나중에 논의하겠습니다."

회장이 총정리를 했고 회원들은 긴장을 풀며 앉음새를 고쳤다.

"일본군이 계속 승리하고 있다는 보도가 신빙성이 있을까요?"

누군가가 말을 꺼내 놓았다.

"초반이니까 사실일지도 모르죠. 진주만을 기습하는 식으로 전쟁을 확장하는, 기습 작전 시기니까요."

"예측하기 어렵겠습니다만, 이 전쟁에서 일본이 이길 수 있다고 보십니까?"

"저는 중일전쟁에서 이번 전쟁의 답을 찾습니다. 중일전쟁은 벌써 5년이 넘었습니다. 처음에 정부와 군부에서는 몇 달이면 중국 대륙을 완전 장악한다고 큰소리쳤습니다. 그런데 그 몇 개월이 몇 년이 되고 말았습니다. 그러고도 중국 대륙의 반 정도밖에 차지하지 못했습니다. 중국이 공업이 발달한 나랍니까? 현대 무기를 생산할 수 있는 나랍니까? 중국의 무기는 수많은 인구뿐이고 현대 무기는 구라파 쪽에서 사들여 싸우고 있습니다. 그런 나라를 상대로 일본은 예상보다 열 배가 넘는 세월을 소모하며 고전하고 있습니다. 그런데 영국과 미국을 상대로 또 전쟁을 일으켰습니다. 영국은 세계 최초의 산업혁명을 일으켜 공업을 발전시켰고, 세계 곳곳에 식민지가 있어서 스스로 해가 지지 않는 나라라고 자랑하는 나랍니다. 미국은 또 어떻습니까? 거대한 신대륙의 풍부한 자원을 바탕으로 영국의 공업 기술을 받아들여 세계 강국으로 떠오르는 나라 아닙니까? 과학기술로 볼 때 중국은 영국과 미국에 비교조차 될 수 없는 원시 상태의 나랍니다. 일본은 그런 나라를 상대로도 고전하고 있는데, 영국과 미국에 전쟁을 걸었으니 그 결과가 어찌 되겠습니까? 일본은 확실히 패망합니다. 파쇼 통치의 광기가 저지른 이번 전쟁으로 일본의 무고한 인민들만 희생될 뿐입니다. 그러므로 우리는 하루빨리 국외로 탈출해 인민 구출 전쟁에 나서지 않으면 안 됩니다."

"아, 그것 참 뛰어난 의견이오."

"속이 다 시원하오."

"자, 여기도 오래 머물 장소는 못 됩니다. 아쉽지만 오늘 회합은 이것으로 끝냈으면 합니다."

회장의 말에 회원들은 모두 소리 없는 박수를 쳤다. 그리고 서로서로 악수를 나누었다.

전동걸과 지요코는 모르는 사람처럼 큰길로 나와 서로 다른 전차를 탔다. 그리고 한 시간쯤 뒤에 긴자의 카페에서 다시 만났다. 두 사람은 누가 보아도 다정한 연인 사이였다.

전동걸은 자리에 앉자마자 물 잔을 단숨에 비웠다.

"그것도 너무 티 나는 짓이에요."

지요코가 눈을 샐쭉 흘겼다.

"아, 그게 또 그렇소?"

전동걸이 비식 웃었다.

"아까 그 마지막 발언, 압권이었어요."

지요코가 전동걸을 빤히 보았다.

"아이고, 이거 황송하게."

전동걸은 손을 내젓고는, "그 얘긴 하지 말아요."라고 낮게 말했다.

지요코는 미소를 지으며 고개를 끄덕였다.

"배고픈데 빈민 구제부터 합시다."

"네, 고기로 드세요. 제가 살게요."

"에이, 무슨 돈이 있다고."

"돈벌이했어요. 교수님 원고를 정서해 드렸거든요."

"그런 양심적인 교수도 다 있소?"

"양이 많아 미안했나 봐요."

"아이고, 얼마나 양이 많았으면 돈을 다 줬겠소. 훈장 똥은 개도 안 먹는다는데."

"그러게 말이에요."

지요코가 쿡쿡 웃었다.

"그 짠 돈으로 산 밥맛이 어떤가 어디 먹어 봅시다."

전동걸도 웃으며 말했다. 지요코는 공장노동자의 딸이었다. 도저히 대학에 다닐 형편이 못 되었지만 명민한 머리 덕에 가정교사로 학비를 해결하고 있었다. 저녁을 사지 못하게 하고 싶었지만 지요코가 마음을 다칠까 봐 전동걸은 모처럼의 제의를 순순히 받아들였다.

며칠이 지나 전동걸은 이미화를 만나 활동사진을 보았다. 애절한 사랑 이야기였다. 전동걸은 사랑 이야기에는 별 취미가 없었지만 이미화가 너무 좋아해 동무해 준 것이었다.

"또 울었소?"

길을 걸으며 전동걸은 이미화를 보았다.

"아이, 몰라요."

이미화는 부끄러워하며 고개를 떨구었다. 전동걸은 또 얼핏 어머니의 모습을 느꼈다. 이미화의 여자다운 모습이 언뜻언뜻 어머니를 떠올리게 했다.

"니도 다 컸으니 알겠지만 독립운동은 못 혀도 친일을 해서는 안 된다."

그러나 어머니는 이런 강한 면이 있었다. 일본으로 떠나오기 전날 밤 어머니가 하신 한마디였다. 곰곰이 생각해 보니 독립운동을 하라는 말보다 더 무서운 말이었다.

전동걸은 이미화와 나란히 걸었다. 활동사진을 보고 나면 으레 따르는 순서였다. 활동사진에 취한 이미화가 그 감정을 추스를 때까지 이런저런 대화를 나누는 시간이었다. 전동걸은 그 시간이 활동사진을 보는 때보다 더 좋았다. 이미화의 내면을 들여다보는 기회였고, 의식을 조금씩 바꿔 나갈 수 있는 기회였기 때문이다.

"어머……!"

길 건너에서 다정하게 걷고 있는 전동걸과 이미화를 보고 소스라치는 여자가 있었다. 지요코였다.

35

신탁통치설

식단 중앙에 반듯하게 붙여 놓은 태극기는 그 아래 앉아 있는 사람들이 작아 보일 만큼 엄청나게 컸다. 식단 앞면의 천장에서 아래로 드리워진 긴 현수막에는 '신탁통치설 비판 자유 한국인 대회'라는 글씨가 적혀 있었다.

식장을 가득 채운 300여 명의 사람들은 모두 숙연한 얼굴로 앉아 있었다.

"여러분, 지금부터 신탁통치설 비판 자유 한국인 대회를 개최하겠습니다. 그럼 첫 순서로 신탁통치설 비판 자유 한국인 대회 추진 위원장님의 인사 말씀이 있겠습니다."

머리가 희끗희끗한 50대 중반의 남자가 연단에 섰다. 보통 키에

216

마른 편인 그 남자의 얼굴에는 고난에 찬 삶의 역정을 말하는 듯 굵은 주름이 잡혀 있었다. 그 모습을 얼핏 보면 시들고 지친 것 같았지만 그 눈만은 형형하게 빛나고 있었다.

"오늘 우리는 비통한 심정으로 이 자리에 모였습니다. 지금 세계는 독일과 일본을 적으로 하고 중국, 영국, 미국, 불란서를 중심으로 하는 연합국 사이에 전쟁이 벌어지고 있습니다. 대한민국 임시정부 또한 진작 일본에 선전포고를 했고, 우리 청장년들도 이 전쟁에 나섰습니다. 그런데 최근에 대한민국 신탁통치설이 나돌아 우리 조선인을 분노케 하고 있습니다. 연합국 두 나라 대표인 영국의 처칠 수상과 미국의 루스벨트 대통령이 전쟁이 끝난 뒤의 아세아와 아프리카 식민지 국가 문제를 논의하는 과정에서 그 말이 나왔다고 합니다. 대한민국 신탁통치란 일본이 패망하면 우리 민족의 자주독립 국가를 세우지 못하고 연합국의 통치를 받아야 한다는 뜻입니다. 그 이유는 우리 민족이 스스로 국가를 세울 능력도, 국가를 운영할 자질도 없기 때문이라는 것입니다. 이것이야말로 강대국의 일방적인 횡포이며, 처칠과 루스벨트의 무지를 백일하에 드러내는 것이 아니고 무엇입니까? 신탁통치란 우리나라를 또다시 식민지로 만들겠다는 음모이며, 우리 민족에 대한 모독이고 조선인의 자존심을 능멸하는 처사입니다. 이에 지난 2월에 임정의 조소앙 외교부장께서 비판 선언문을 발표했습니다. 그러나 거기에만 머물 수가 없어서 오늘 이렇게 비판 대회를 열게 되었습니다. 우리는 오늘 이 자리에서 신탁통치의 부당함을 통렬히 비판하고, 신탁통치를 절대 거부하는 조선인의 결의를 만천하에 밝혀야 합니다. 여러분의 기탄없는 비판을 바라 마지않습니다."

사람들이 박수를 쳤다.

"추진위원장님의 인사 말씀이었습니다. 그럼 지금부터 대한민국 신탁통치설 비판에 들어가겠습니다. 첫 비판자는 이동광 씨입니다."

40대 중반의 건장한 남자가 연단에 나섰다. 짙은 눈썹과 큰 입이 야성을 풍기고 있었다.

"저는 나이 스물에 압록강을 건넌 이후로 26년이 지난 지금까지 여러 가지 고초도 겪고 분한 일도 많이 당했습니다만, 오늘처럼 죽고 싶도록 분통한 경우는 없었습니다. 한편인 줄 알았던 연합국이 우리 조선을 신탁통치한다니 이 어인 일입니까? 너희들은 나라를 빼앗겼으니 나라를 다시 세울 능력도, 나라를 지탱해 갈 자질도 없다, 그런 뜻인 모양입니다만 천만의 말이올시다. 첫째로 알아야 할 것은 나라를 팔아먹은 것은 친일파 조정 대신 놈들이지 백성들이 아니라는 사실입니다. 둘째로 알아 두어야 할 것은 우리 민족의 역사는 반만년에 이르고, 그 장구한 세월 동안 독립된 국가를 세우고 운영해 왔다는 것입니다. 셋째로 알아 두어야 할 것은 매국노들이 나라를 팔아먹은 이후 오늘에 이르기까지 장장 33년 동안 조선 백성들은 나라를 되찾기 위해 단 하루도 빼놓지 않고 왜놈들과 피 흘려 싸웠습니다. 싸우다 죽어 간분들도 100만이 넘습니다. 넷째로 알아 두어야 할 것은 우리 민족은 거족적으로 일어난 3·1운동을 계기로 임시정부를 수립하여 오늘에 이르고 있습니다. 다시 봅시다. 나라를 세울 능력도, 나라를 지탱해 갈 자질도 없는 민족이 5천 년의 독립된 역사를 보유할 수 있었겠습니까? 폭압과 살육을 밥 먹듯이 하는 일본 놈들을 상대로 33년 동안이나 피 어린 투쟁을 끈질기게 전개할 수 있었겠습니까? 그 어떤 나라의 경제적 원조 없이 24년 동안 망명정부를 유지할 수 있었겠습니까? 모든 사실이 이렇듯 엄연한데 신탁통치라니, 그 무슨 망발입니까! 연합국의 수뇌들은 이제라도 늦지 않았으니 두 눈 똑똑히 뜨고 조선 민족의 역사와 조선 사람들의 마음을 직시하지 않으면 안 될 것입니다. 만약 그런 성의를 보이지 않고 신탁통치를 강행한다면 조선 사람 모두는 연합국을 일본과 똑같은 적으로 보고 제2의 독립 투쟁을 전개할 것임을 엄중히 경고하는 바입니다. 그리고 대한민국 임시정부의 승인에 관한 건입니다. 그동안 대한민국 임시정부는 현재의 연합국을 비롯한 세계 여러 나라에 수없이 승인을 요청했습니다. 그럼에도 연합국은 대한민국 임시정부를 승인하지 않았습니다. 태평양전쟁이 일어나기 전에는 일본과의 외교 관계 때문에 기피했다고 할 수도 있습니다. 그러나 이제 연합국이 결성된 이상 일본은 우리 대한민국과 연합국의 공적인 것은 명백한 사실입니다. 그러므로 이제 연합국은 신탁통치라는 망상을 하루빨리 철회하고 대한민국 임시정부를 승인하여 3천만 조선 민족을 동지로 삼을 것을 촉구하는 바입니다. 이상으로 말씀을 마치고자 합니다."

"옳소, 옳소!"

"옳소, 명비판이오!"

사람들은 환성을 지르며 열렬하게 박수를 쳤다.

"저 사람 누구지요?"

송가원은 박수를 치며 방대근에게 물었다.

"3·1운동 때 학생 대표로 나섰다가 상해로 온 사람이오."

"그럼 민수회 여사하고 같은 경력의 소유자로군요."

"그런 셈이오."

"그 후로는 임정에서 일했나요? 많이 배운 것 같은데."

"저 사람이 임정서 공부시킨 사람 중의 하나요."

"임정에서 공부를 시켜요?"

"그때 공부를 다 마치지 못허고 상해로 온 학생들이 많았는디 그중에서 머리 좋은 학생들을 골라 김구 주석이 학비를 댄 것이오. 내가 상해에 있을 적에 저 사람은 영어를 잘허기로 소문나 있었소."

"김구 주석께서 인재들까지 길러 내셨군요."

송가원은 처음 듣는 그 말에 가슴이 뭉클했다.

여자 한 사람과 남자 한 사람이 더 비판 연설을 했다. 그때마다 열렬한 박수가 터졌다.

"그러면 이상으로 비판 연설을 마치고 우리 3천만 민족의 결의를 나타내는 구호를 외치겠습니다. 모두 힘차게 따라해 주시기 바랍니다."

사회자의 말이 끝나자 한 젊은이가 단상 앞으로 나섰다.

"대한민국 3천만 민족의 결의를 합쳐 신탁통치 결사반대를 삼창하겠습니다. 신탁통치 결사반대!"

젊은이가 주먹 쥔 오른손을 뻗어 올렸다.

"신탁통치 결사반대!"

"신탁통치 결사반대!"

일어선 사람들이 모두 외치며 팔을 뻗어 올렸다.

"우리의 이 열렬한 외침은 오늘 발표된 비판 연설문과 함께 연합국 수뇌들에게 전해질 것입니다. 이제 마지막 순서로 만세 삼창이 있겠습니다."

추진위원장이 연단으로 나왔다.

"대한 독립 만세에!"

"대한 독립 만세에에—."

"한국광복군 만세에!"

"한국광복군 만세에에—."

"연합국 승리 만세에!"

"연합국 승리 만세에에—."

"이상으로 신탁통치설 비판 자유 한국인 대회를 모두 마치겠습니다."

식장을 나선 방대근 일행은 가까운 음식점을 찾아갔다. 점심때가 다 되어 있었다.

"분하기도 하고 감격스럽기도 하고 기분이 묘하군요."

중국식 둥근 탁자에 모두 자리를 잡자 윤주협의 아내 민수희가 말했다. 그녀의 눈 가장자리에는 눈물 자국이 남아 있었다.

"판이 어찌 될지 참 큰일이오."

방대근이 한숨을 쉬었다.

"저걸 보내면 좀 효과가 있기는 있을까?"

윤주협이 혼잣말처럼 말했다.

"글쎄……, 배부른 놈이 배고픈 사람 사정 아는 법 없는 것잉게."

방대근이 쓰게 웃었다.

"강대국이란 게 다 그 모양이라. 결국 개인이고 국가고 힘없는 쪽만 억울하고 서러운 거야."

윤주협이 한숨을 쉬었다.

"참, 고것이 그리만 안 됐어도……."

무슨 생각인가를 하고 있던 방대근이 불쑥 말했다.

"뭐가 말인가?"

윤주협이 눈길을 돌렸다.

"광복군이 시방 5천 명만 됐어도 요 일이 달라질 수 있을 것이란 말이시. 왜놈들이 한 3년만 일찍 태평양전쟁을 일으키고 만주 동북항일연군 조선 병력을 이쪽으로 이동시켜서 광복군을 만들었으면 연합국도 우리를 무시 못 혔단 말이시. 그런디 만주에서 수천 명이 아깝게 죽고, 광복군이 고작 300여 명이니 강대국들이 우리를 무시 안 허겠능가?"

방대근이 한숨을 쉬었다.

"5천 명이 아니라 이삼천 명만 있어도 달라졌겠지요. 힘에는 힘밖에 없으니까요."

송가원의 말이었다.

"이런 사태에 대비하지 못한 임정의 잘못도 크지 않소?"

윤주협이 정색을 했다.

"아니시, 이 일은 그 누구도 어쩔 수가 없는 일이시. 미국도 일본이 전쟁을 일으킬지 몰라 당헌 판 아닌가? 우리는 그동안 최선을 다해 싸운 것이네. 그나저나 앞으로가 큰일이네. 지원병이라는 이름으로 조선 청년들이 왜놈들 전선에 배치되고 있는디. 기막히게도 동족상쟁을 허게 생겼으니."

방대근이 쓴 입맛을 다셨다.

"지원병도 지원병이지만, 곧 징병제가 실시된다고 하지 않습니까? 그럼 더 많은 청년들이 끌려갈 텐데 그때는 정말 동족상쟁의 비극을 피할 수 없게 될 겁니다."

송가원의 침통한 말이었다.

"그럼 그만 일어나실까요."

민수희가 손목시계를 들여다보았다.

"이거 점심이 부실해서 죄송합니다."

송가원은 돈을 치르려고 먼저 일어났다.

"임정 간부들도 점심 굶는 날이 많은디 이만허면 성찬이오."

방대근이 대꾸하며 잔에 남은 물을 마저 마셨다. 그들이 한 식사는 간소한 면 종류였다.

음식점을 나와 방대근과 윤주협이 짝지어 떠났고, 송가원과 민수희는 병원으로 향했다. 민수희는 송가원과 같은 병원에서 일하고 있었다.

"방 대장님은 용케 혼자 잘 견디시네요."

민수희가 멀어지는 방대근을 돌아다보며 말했다. 그녀는 아직도 방대근을 혼인시키지 못한 아쉬움을 가지고 있었다.

"평생 그렇게 살아오신 분이니까요. 저분들은 오히려 누구하고 함께 사는 걸 불편해하실 겁니다."

송가원이 말하는 '저분들'이란 아직도 총각으로 살고 있는 몇몇 의열단원을 가리키는 것이었다.

"저는 한 가지 걱정이 있어요. 연합국이 전후 처리 문제를 논의하는 걸 보면 일본이 전쟁에서 질 거라는 건 확실한데, 우리가 해방이 되고 나라를 세우면 그 많은 친일파나 민족 반역자들은 다 어떻게 해야 하지요?"

"다 죽여야지요."

거침없이 터져 나온 송가원의 목소리는 단호하기 이를 데 없었다.

"네에……? 그자들이 얼마나 많은데 다……."

"예, 대충 150여만 명으로 보지요."

"그런데 그 많은 사람들을 다……."

"많은 게 문제가 아닙니다. 그 두 배, 300만이라도 다 죽여야 합니다. 그놈들은 왜놈들과 함께 동족을 살해한 공동 살인범들이고, 민족 전체를 박해하고 고통 속에 몰아넣은 공동 가해자들이고, 그놈들이 훼손한 민족정기를 되살리고 그놈들이 짓밟은 민족 정의를 바로 세워야 하기 때문입니다. 일제 강점 이후 지금까지 죽어 간 동포들이 줄잡아 300만이 훨씬 넘습니다. 그래도 그들을 다 죽이는 게 너무 많습니까? 그놈들 하나가 동포 둘을 죽인 꼴입니다. 앞으로 얼마나 더 죽일지 모릅니다. 그런데도 그들을 다 죽이는 게 너무 많습니까? 왜놈들이 죽였지 그들이 죽인 게 아니라고 말하진 맙시다. 그건 해방이 되는 날 바로 그놈들이 하게 될 뻔뻔스럽고 파렴치한 변명이니까요. 민 선생도 3·1운동의 선봉에 섰으니까 잘 아시겠지만 그때 총질을 하고 고문을 한 게 왜놈 순사와 형사들뿐이었습니까? 그때 일을 잊지 마십시오. 2년 전인 41년에 임정이 발표한 대한민국 건국 강령에서 가장 마음에 드는 게 친일파와 민족 반역자들에 대한 가차 없는 처벌을 첫 번째로 꼽은 점입니다. 그 문제의 처리는 독립 투쟁만큼 중요합니다."

송가원의 뇌리에 아버지와 함께 항일연군 전사들의 모습이 선명하게 떠올랐다.

"네, 알겠어요. 전 역시 여자의 한계를 못 벗어나나 봐요."

민수희는 마치 수술실에서 의사의 지시를 받는 간호원 같은 태도로 말했다.

"여자의 한계라기보다 인정이 너무 많은 거지요. 인정은 선인에게 베풀 때 선이지 악인에게 베풀면 악이 될 뿐입니다."

민수희는 가슴이 서늘했다. 송가원이 의지가 굳고 절도 있는 사

람인 줄은 알았지만 그렇게 단호한 의식을 품고 있는 줄은 몰랐다.

"방 대장님은 요새도 맡으신 직책이 없으신가요?"

민수희는 좀 가벼운 이야기를 꺼냈다.

"그저 광복군 노병이지요 뭐."

"참 대단하신 분이에요. 어찌 그리 직위에 초연할 수 있으신지."

"속이 넓은 분이지요."

민수희가 말하는 것은 광복군 개편 때를 가리키는 것이었다. 김원봉이 이끌던 조선 의용대는 작년 5월에 한국광복군에 편입되었다. 그에 따라 광복군은 개편되면서 간부들의 변동도 생기게 되었다. 그 과정에서 필연적으로 양쪽의 갈등이 일어났다. 그런데 투쟁 경력이 그 누구보다 혁혁한 방대근은 제일 먼저 백의종군을 선언하고 자리다툼에서 물러섰다.

그러나 방대근이 아무 직책도 없는 것은 아니었다. 그는 비밀 감찰대장이었다. 중경에 잠입한 첩자나 밀정을 찾아내는 것이 그 조직의 임무였다. 송가원도 그가 광복군의 노병인 줄만 알고 있었다.

며칠이 지나 방대근은 송가원한테서 신흥무관학교 출신 허진이 위독하다는 연락을 받았다. 윤주협과 함께 병원으로 급히 달려갔지만 그는 이미 숨을 거둔 뒤였다. 폐결핵 합병증으로 입원한 그는 혼자 외롭게 세상을 뜬 것이었다.

"하루쯤 일찍 알려 주지 그러셨소."

윤주협이 원망스러운 듯 송가원을 바라보았다.

"죄송합니다. 어제까지만 해도 그런 기미가 보이지 않았습니다. ……제가 서툴러서 그렇습니다."

송가원이 죄진 듯 고개를 숙였다.

"아니오, 그런 뜻이 아니오. 하도 허망해서 하는 소리요."

윤주협이 당황해서 송가원의 팔을 붙들었다.

"허망허다고 그동안 애쓴 의사 선생 입장 난처허게 만들지 말어. 가세, 장례 준비허러."

방대근이 걸음을 떼어 놓았다.

병원 마당에는 눈부신 햇살이 가득했고, 담장 밑 화단에는 온갖 꽃들이 흐드러지게 피어 있었다.

"이렇게 저렇게 하나하나 떠나고 이제 신흥무관학교 출신은 몇 안 남았네."

'신흥무관학교!'

윤주협의 말에 문득 노병갑의 얼굴이 떠올랐다. 살려 달라면서 벽 쪽으로 밀려가던 겁에 질린 모습. 그 모습은 가끔 꿈에 나타나고는 했다. 살려 줄 길이 없었다. 언젠가 술을 마시고 지난날을 회상하면서 윤주협이 노병갑은 어디서 무엇을 하는지 궁금해했다. 그러나 모른 척할 수밖에 없었다.

"단장님한테 연락해야 하지 않겠나?"

윤주협이 말하는 단장이란 김원봉이었다. 김원봉은 이제 광복군 부사령관이었지만 옛 의열단원들 사이에서는 오래 입에 붙은 대로 그저 '단장'이었다. 김원봉이 의열단 단장이 된 이후 여러 차례 그 직함이 바뀌었지만, 직함 앞에 '부' 자가 붙은 것은 이번이 처음이었다. 임정에서는 그동안 배척해 왔던 공산주의자나 무정부주의자들을 받아들이기로 태도를 바꾸었고, 오랜 세월에 걸쳐 모든 정파의 통합을 추진해 온 김원봉은 광복군 '부사령관' 직책을 흔쾌히 받아들였다.

한편, 하와이에서 한 달을 넘겨 중경에 도착한 여섯 명의 지원자는 군사훈련을 마치고 광복군으로 활동하고 있었다. 그들은 미국에서 온 이색적인 존재로 사람들의 눈길을 끌었고, 멀고 먼 땅 하와이에서 조국의 광복을 위해 싸우러 온 그들의 애국심은 광복군 병사들의 사기를 드높였다. 그런데 그들의 능력이 실질적으로 발휘되기 시작했다. 광복군 사령관 이청천과 인도 주둔 영국군 동남아 전구 사령관 마운트마트 대장이 체결하는 상호 군사협정 과정에서 그들은 영어 실력을 유감없이 발휘했다.

〈12권에 계속〉

조정래 대하소설

아리랑

[제4부 동트는 광야]

주요 인물 소개
소설에 담긴 역사 속 주요 사건

주요 인물 소개

송수익

사랑방 모퉁이에 서당을 차려 동네 아이들을 가르쳤으나 나라의 정책이 바뀌어 그마저도 하지 못하고 뒤숭숭한 마음에 신문을 읽으며 세상의 변화를 관망하고 있다가 의병을 일으켜 일본에 대항하고 국내 사정이 여의치 않자 만주로 이동해 독립운동을 펼친다.

신세호

잃어버린 나라를 걱정하는 마음은 크지만, 직접 독립운동에는 나서지 못하는 양반으로 송수익과 친구이다. 집을 떠나 있는 친구를 대신해 그 집안을 보살피고, 독립운동을 후방에서 지원한다.

송가원

송수익의 둘째아들로 아버지의 뜻을 따르는 방법으로 의예과를 졸업해 의사로서 독립운동을 돕기로 마음먹는다.

꽁허

의병 활동 중에 송수익을 만나 그의 손과 발이 되어 만주와 국내를 잇는 역할을 한다. 양반이면서도 모든 사람을 평등하게 대하는 송수익에 매료되어 존경한다.

옥녀

소리꾼 옥비로 기방에서 노래를 하며 돈을 번다. 공허의 소개로 알게 된 송가원을 보살피며 그에 대한 사랑을 키운다.

지삼출

송수익과 함께 의병으로 활동한 평민으로 신분을 뛰어넘어 모든 사람을 공평하게 대하는 송수익을 존경하고 따라 함께 만주로 이동한다.

방대근

송수익을 따라 의병에 나선 소년으로 하와이 사탕수수 농장으로 일하러 간 방영근의 막냇동생이다. 신흥무관학교를 졸업하고 무장 투쟁의 길을 걷는다.

윤철훈

한인청년단으로 독립운동을 펼치던 중 빨치산 비밀 요원이 되어 무장 독립 투쟁을 벌인다.

정도규

큰형 정재규와 작은형 정상규의 재산 다툼을 해결하고, 물려받은 재산으로 동네 사람들을 보살피며 국내외의 독립운동을 지원한다.

양치성

아버지가 병으로 세상을 떠난 후 동생들을 부양하기 위해 구걸하다
가 우체국장 하야가와의 눈에 띄어 일본 유학을 다녀온 후 정보 요
원으로 일한다. 일본의 지령을 받아 송수익의 뒤를 쫓는다.

소설에 담긴 역사 속 주요 사건 : 1934~1945년

신사 참배

일제가 한국의 종교와 사상, 자유를 억압하고 천황 이데올로기를 주입하기 위하여, 조선 곳곳에 신사를 세우고 참배를 강요한 일을 일컫는다. 1910년 한일병합 이후부터 지속적으로 요구되었으며, 1930년대 중반 이후로는 보다 강압적인 방법들을 동원하여 기독교계까지 압박하였다.

만주 이민 바람

식민지 농업 정책으로 인한 피폐화와 만주를 장악하고자 했던 일제의 이민 장려로 인해 조선인들이 만주로 이주한 일을 일컫는다. 이주민의 90퍼센트가 소작농이었는데, 1930년대 이후부터 급증하여 1945년에는 그 수가 200만 명에 달했다.

선만일여 정책

선만일여(鮮滿一如)는 '조선과 만주는 하나'라는 뜻으로, 1936년 일제가 민족 말살과 황국 신민화 정책의 일환으로 내세운 것 중 하나이다. 만주와 한반도를 침략 전쟁의 교두보로 만들기 위해 압록강과 두만강에 교량을 건설하고 수력 발전소를 건설하는 등의 정책을 추진하였다.

종군위안부

1930년대부터 1945년까지 일본에 의해 강제로 군위안소로 끌려가 성노예 생활을 강요당한 여성을 일컫는다. 일본, 한국, 중국, 필리핀 등지에서 많은 여성들이 동원되었는데, 그중에서 한국 여성이 가장 많았다. '정신대(挺身隊)', '종군위안부(從軍慰安婦)' 등으로 불리기도 했으나 이는 일본이 실상을 감추기 위해 만들어 낸 용어로, 현재 공식적인 명칭은 '일본군 위안부'이다.

생체 실험

1936년부터 1945년까지 일본 731부대가 생물·화학 무기 개발을 위해 한국인과 중국인을 대상으로 자행한 생체 실험을 일컫는다. 생체 실험 대상자를 '마루타'라고 지칭했으며, 이들을 대상으로 칼로 찌르고, 가스를 주입하고, 피부를 산 채로 벗기기도 하는 등 잔혹한 실험을 저질렀다.

보천보 전투

1937년 6월 4일 동북항일연군 중 김일성이 이끄는 병력이 함경남도 갑산군 혜산진 보천보 일대를 습격하여 승리했다는 전투이다. 이 전투로 김일성이 국내외에 알려진다.

강제 이주

1937년 소련 정부가 연해주의 한인을 중앙아시아로 강제 이주시킨 일이다. 국경 지대의 한인이 일본의 스파이가 될 수 있다는 우려에서 취한 조치로, 당시 한인 약 20만 명이 카자흐스탄·우즈베크 등지로 옮겨졌다.

내선일체

'내지(內地)' 즉 일본과 조선은 하나'라는 뜻으로, 1937년 일제는 중국 침략을 개시하면서 이 전쟁에 한국을 이용하기 위한 강압 정책으로 내선일체라는 기치를 내세웠다. 한국인의 저항을 초기부터 차단하려는 민족 말살 정책이었다.

조선어 시간 폐지

1938년 총독부가 조선교육령 개정에 따라 학제를 소학교, 중학교, 고등여학교로 편제하면서, 중학교 과정의 조선어 시간을 일어, 한문, 역사 등의 과목으로 대체한 사건이다. 조선어 말살 정책의 시작이었다.

국민총동원령

일제가 1938년 4월 공포하여 5월부터 시행한 전시 통제법으로, 중일전쟁에 필요한 인적·물적 자원을 한국에서 마음대로 동원하고 통제할 목적으로 만든 법이다. 이 법으로 인해 강제 징용, 징병, 식량 공출 등이 이루어졌다.

강제 징용

일제가 노동력 보충을 위해 한국인을 강제 동원해 노역에 종사케 한 일이다. 처음에는 모집 형태를 띠었으나, 중일전쟁(1937년) 이후부터는 국가총동원법을 공포하여 강제 동원하였다. 강제 징용된 이들은 주로 탄광, 금속 광산, 군수 공장, 군대 위안부로 보내져 혹사당했다.

미곡 유통 금지

일제는 전시 군량을 확보하기 1939년 '미곡배급조합통제법'을 제정하고 미곡의 자유 유통을 금지하였다. 공출·매상·배급 제도 등의 수단을 통해 미곡 통제를 강화하고 1943년에는 '식량관리법'을 제정하여 수탈을 강행하였다.

창씨개명

1939년 일제가 한국인의 성을 강제로 일본식으로 고치게 한 일이다. 일제는 일본과 조선은 하나라는 내선일체를 내세우며 황국 신민화의 일환으로 창씨개명 등을 강요하였다. 거부하는 자는 감시하며 그 자녀의 학교 입학을 금지하는 등 불이익을 주었다.

국민총력연맹

1940년 조선총독부 차원에서 조직된 친일단체로, 지도도직, 중앙조직, 지방조직 3단계 조직으로 구성되었다. 한국인의 황국 신민화, 식량 공출, 징병, 징용 등을 독려하고 전쟁 분위기를 고취하기 위한 각종 행사를 개최하였다.

근로보국대

1941년 일제가 한국인의 노동력을 수탈하기 위해 강제로 끌고가서 만든 노역 조직으로, 주로 도로·철도·비행장·신사 등을 건설하는 데 동원하고, 몇몇은 일제 군사 시설에 파견되었다. 직장·학교·농민 등 계층별로 다양한 조직을 만들어 노동을 착취하였다.

학병 징병 검사

1943년 일제가 태평양 전쟁에서 불리해지자 전력을 보충하기 위해 학도병지원병제를 공포하고 학생을 대상으로 징병 검사를 실시한 일이다. 자발적 지원이 아니라 강제 징병이었고, 이를 거부하면 강제 징용을 당하는 등의 처벌을 받았다.

여자 정신대 근무령

1944년 8월 23일 일본 후생성이 공포한 법령으로, 12세에서 40세까지의 여성에 대해 강제 징발할 수 있다는 것이 주된 내용이다. 이렇게 징발된 한국 여성들은 일본의 군수 공장과 일본군 위안부 등으로 보내져 혹사당했다.

조정래 대하소설
아리랑 청소년판 11
초판 1쇄 2015년 6월 15일

원작 | 조정래
엮음 | 조호상
그림 | 백남원
발행인 | 송영석

펴낸곳 | (株)해냄출판사
등록번호 | 제10-229호
등록일자 | 1988년 5월 11일(설립일자 | 1983년 6월 24일)

121-893 서울시 마포구 잔다리로 30 해냄빌딩 5·6층
대표전화 | 326-1600 **팩스** | 326-1624
홈페이지 | www.hainaim.com

ISBN 978-89-6574-521-1
ISBN 978-89-6574-510-5(세트)

이 도서의 국립중앙도서관 출판예정도서목록(CIP)은 서지정보유통지원시스템 홈페이지(http://seoji.nl.go.kr)와
국가자료공동목록시스템(http://www.nl.go.kr/kolisnet)에서 이용하실 수 있습니다.(CIP제어번호: CIP2015014277)